明代女性作家叢書❶

李因詩選

천천히 걷는 게
수레보다 좋구나

발간에 부쳐…

2008년 9월 설립된 이화여자대학교 중국문화연구소는 기존 어문학 중심의 연구에서 벗어나, 세부적인 학문 영역에 국한되지 않는 포괄적이고 심도 있는 전문 중국학 연구의 구심점이 되기 위해 노력하고 있습니다. 폭넓은 시야와 안목을 가진 전문 인력을 확보하고 다양한 정보를 공유함으로써 새로운 방법론을 창안할 연구 공간으로의 역할을 모색하고 있습니다. 특히 지역학 및 지역문화 연구, 여성문학 연구, 학제 간 연구를 중심으로 한 차별화된 전략을 통해 학문적 국제경쟁력을 강화하고 있습니다. 또한 급변하는 동아시아 및 국제사회에 적극적으로 대처하기 위해 실용성을 추구하면서 한중양국의 문화 창달에 기여하고 있습니다.

2009년 7월부터 본 연구소 산하 '중국 여성 문화·문학 연구실'에서는 '명대 여성작가 작품 집성—해제, 주석 및 DB 구축'이라는 프로젝트를 수행하게 되었습니다(한국연구재단 2009년 기초연구과제 지원사업, KRF—2009—322—A00093).

곧 명대 여성문학 전 작품을 대상으로 자료를 수집하여 주석, 해제하고 이에 대한 데이터베이스 구축을 위해 방대한 분량의 원문을 입력하는 작업으로, 이미 상당 부분 진행되었습니다. 정리 작업을 진행하면서 중요 작가를 중심으로 작품의 성취가 높은 것을 선별해 일반 독자에게 알리기 위해 연구총서의 일환으로 이를 번역, 출판하게 되었습니다.

이와 같은 연구 성과는 한국·중국 고전문학 내지는 여성문학 연구의 중요한 토대를 마련할 뿐 아니라, 동서양의 수많은 여성문학 연구가들에게 편의를 제공하게 될 것입니다.

이화여자대학교 중국문화연구소
소장 이 종 진

출판 서

　이화여자대학교 중국문화연구소는 한국연구재단의 지원 하에 「명대(明代) 여성작가(女性作家) 작품 집성(集成)―해제, 주석 및 DB 구축」이라는 과제를 수행하고 있습니다.

　2009년 7월부터 시작된 본 과제는 명대 여성들이 지은 시(詩), 사(詞), 산곡(散曲), 산문(散文), 희곡(戲曲), 탄사(彈詞)등의 원문을 수집 정리하여 DB로 구축하고 주석 해제하는 사업으로 3년에 걸쳐 진행됩니다. 연구원들은 각자의 전공에 따라 자료를 수집 정리해 장르별로 종합한 뒤 작품을 강독하면서 주석하고 해제하고 있습니다. 이런 과정에서 우수 작가와 작품을 선별하여 출간하는 것이 본 사업의 의의를 확대할 수 있다고 판단되어 연차별로 4~5권씩 번역 출간하는 계획을 수립하였습니다.

　본 과제를 수행하는 데는 적지 않은 어려움이 따랐습니다. 첫째는 원 자료 수집의 어려움이었습니다. 북경, 상해, 남경의 도서관을 찾아다니면서 대여조차 힘든 귀중본을 베끼고, 복사하거나 촬영하는 수고로움을 마다하지 않았습니다.

　둘째는 작품 주해와 번역의 어려움이었습니다. 전통시기의 여성 작가이기에 생애와 경력이 거의 알려지지 않은 경우가 대부분이어서 작품 배경을 살피기가 용이하지 않았습니다. 따라서 주해나 작품 해석에서 부딪치는 문제가 적지 않아 이를 해결하는 데 많은 수고가 따랐습니다.

셋째는 작가와 작품 선별의 어려움이었습니다. 명청대 여성 작가에 대한 자료의 수집, 정리는 중국에서도 이제 막 시작된 분야이기 때문에 연구의 축적 자체가 적은 편입니다. 게다가 중국 학계에서는 그나마 발굴된 여성 작가 가운데 명대(明代)에 대한 우국충정(憂國衷情)이 강한 작가를 높이 평가하고 있습니다. 그러나 작품의 가치를 평가할 때 우국충정만이 잣대가 될 수는 없을 것입니다. 연구원들은 기존 연구가 전무하거나 편협한 상황 하에서 수집된 자료 가운데 더욱 의미 있는 작품을 고르기 위해 작품을 다각적으로 분석하고 여러 번 통독하는 수고를 감내했습니다.

우리 5명의 연구원과 박사급 연구원은 본 과제를 수행하기 위해 끝이 보이지 않는 수고를 감내하였습니다. 매주 과도하게 할당된 과제를 성실히 수행했을 뿐만 아니라 출간 계획이 세워진 다음에는 매주 두세 차례 만나 번역과 해제를 면밀히 검토하였습니다. 출간에 즈음하여 필사본의 이체자(異體字) 및 오자(誤字) 문제의 자문에 응해주신 중국운문학회회장(中國韻文學會會長), 남경사대(南京師大) 종진진(鐘振振)교수에게 감사드리며 아울러 매번 어려움에 봉착할 때마다 번역에 의견을 제시해 주신 최일의, 강성위 두 선생에게 심심한 감사를 전합니다.

본 작품집의 출간을 통해 이제껏 학계에서 간과되어 온 명대 여성작가와 작품들이 널리 알려져 명대문학이 새롭게 조명됨은 물론 명대 여성문학에 대한 평가가 새로워지길 바랍니다. 아울러 한중여성문학의 비교연구가 활발하게 시작되는 계기가 마련되길 기대합니다.

끝으로 본 기획의 가치를 높이 평가하고 쉽지 않은 출간에 선 뜻 응해 준 '도서출판 사람들'에 깊은 감사를 표합니다.

2011년 2월

이화여자대학교 중국문화연구소
소장 이 종 진

역자서문

　시에는 계절 따라 변화하는 자연의 한 순간이 포착되어 있고, 한 시대를 살아가는 개인의 긴 인생이 펼쳐져 있다. 그 찰나의 순간으로부터 우리는 자연의 이치를 깨닫기도 하며, 기나긴 인생의 우여곡절이 함축된 한 마디 말로부터 사람의 좌절과 고통, 그리고 희망을 읽어내기도 한다. 특히 인생을 노래한 시에는 슬픔과 기쁨, 고통과 분노 등 다양한 삶의 경험과 감정이 녹아있는데, 이를 통해 우리는 고단한 인생을 살아가는 데 필요한 관조와 여유를 배울 수 있다. 따라서 긴 인생을 살아가면서 끊임없이 시를 창작하는 것은 시인 자신뿐만 아니라 그 시를 읽는 독자에게도 큰 축복이 아닐 수 없다.

　여기 중국의 명나라 말기에 태어나 명나라의 멸망과 청나라의 건국이라는 격동기를 온몸으로 겪으면서 살아온 이인(李因, 1610 ? ~1685)이라는 시인이 있다. 그녀는 이 극심한 혼란기에 남편을 잃고 홀로 되어 그림을 팔며 근근이 살아가야 했다. 이 시기에 그녀의 삶에 위로와 힘이 되어 준 것은 바로 시와 그림. 시와 그림은 남편이 살아있을 때는 부부간의 애정을 돈독하게 해주는 수단이었고, 남편이 죽고 나서는 그 빈자리를 대신하는 다정한 친구이자 정신적인 지주였다. 60년 가까이 소설을 창작한 영국의 소설가 도리스 레싱(Doris May Lessing, 1919~)이나 50여 년 글을 써 온 『토지』의 작가 박경리(1926~2008)에게 우리가 깊은 애정과 존경심을 표하는 것처럼, 이역만리 먼 중국의 옛 여류시인에게도 따뜻한 눈길을 보낼 일이다. 이제 우리 역자들은 이인(李因) 시선(詩選)을 기획하여 그녀의 70여 년 인생역정이 오롯이 담겨있는 시세계를 여러분 앞에 펼쳐보이고자 한다.

현존하는 이인의 시집은 『죽소헌음초(竹笑軒吟草)』, 『죽소헌음초속집(竹笑軒吟草續集)』, 『죽소헌음초삼집(竹笑軒吟草三集)』이 있고 여기에 시 588수와 사(詞) 21수가 실려 있다. 이 가운데 『죽소헌음초』는 명(明) 숭정(崇禎)년간(1643)에 간행되었고, 『죽소헌음초속집』은 청초(淸初)에 간행되었으며, 『죽소헌음초삼집』은 청(淸) 강희(康熙)년간(1683) 에 간행되었다. 이 책들은 모두 희귀본으로 『속수사고전서(續修四庫全書)』 및 『사고미수서집간(四庫未收書輯刊)』에도 실려 있지 않은 것을 요녕교육출판사(遼寧敎育出版社)에서 기증본을 회사받아 2003년에 세 권의 합집형태로 출판하였다. 그러나 이 책은 단지 시의 원문에 표점을 가하여 수록만 했을 뿐이지 주석과 해제가 전혀 없어 1차적인 자료수집에 머물고 있다. 우리 연구원들은 이인이 명청 교체기를 겪으며 오랜 기간 동안 창작에 몰두했다는 점과 작품의 다양성과 깊이 등에 주목하여 그녀의 시선집을 출간하기로 결정하고 588수의 시 가운데 작품성이 뛰어나고 여성 문학작품으로서 의미 있다고 판단되는 작품 89수를 선정하였다

시의 주제는 크게 인생의 감회, 시대와 여성에 대한 의식(意識), 절기(節氣)와 기행(紀行), 애도(哀悼), 그림, 일상생활이라는 여섯 가지 범주로 나누어 보았다. 이 여섯 가지 범주는 때로 겹치기도 하지만 600수에 가까운 이인의 시세계를 개괄하고 이해하는 데 있어 중요한 키워드가 될 것이다.

이와 같이 주제를 정하고 해당 작품을 선정한 뒤에는 다음 사항에 유의하여 작품을 번역하였다.

첫째, 시 번역은 불가피한 경우를 제외하고 가급적 원문(原文)에 충실하도록 노력하였다. 또한 선정한 이인의 시는 대부분 절구(絶句)나 율시(律詩)여서 역시(譯詩) 또한 그 형식상의 특징을 고려하여 운율미가 최대한 느껴지도록 번역하였다.

둘째, 이인의 시집은 국내외를 막론하고 아직 주석서(註釋書)가 나오지 않은 만큼 주석을 가능한 한 상세히 달았다. 시어(詩語)의 뜻이 생소한 경우에는 그 출처를 명시하였으며 시구(詩句)의 함의가 불분명한 경우에는 주석에서 이를 간략하게 설명하였다.

셋째, 해당 작품이 이인의 세 시집 가운데 어느 시집에 수록되었는지 밝힘으로써 그 창작 시기를 대략적으로나마 가늠할 수 있게 하였다.

넷째, 작품의 이해와 감상에 도움이 되도록 그 주제를 제시한 후 시의 구조를 간략하게 설명하고 감상을 서술하였다.

이인의 시를 강독하면서 우리는 명대(明代)의 산과 호수, 물가와 시골 풍경을 그림 보듯 선명하게 떠올릴 수 있었다. 우리는 또 남편을 잃고 슬퍼하는 그녀에게 위로의 말을 건네기도 하였고, 슬픔에서 조금씩 벗어나는 그녀에게 응원의 함성을 보내기도 하였으며, 고난 속에서도 가끔씩 터져 나오는 그녀의 유머에 함께 웃기도 하였다. 그녀의 가난을 가슴 아파 했으며, 이제는 늙어 삶을 지그시 응시하는 그녀와 함께 우리의 삶을 되돌아보기도 하였다. 그리고 그녀의 시를 다 읽고 난 지금, 우리는 기나긴 고난의 삶을 살아내며 고독을 아름답게 승화시킨 예술세계에 경외감을 표하게 되었다.

　　원고를 마치며 이 책이 나올 수 있도록 우리들의 전 작업을 이끌어주신 이종진 교수님께 먼저 감사드린다. 그리고 이러한 과정을 항상 따뜻한 시선으로 지켜봐 주시고 격려해 주신 최일의 선생님과 강성위 선생님께도 마음으로부터 감사를 드린다. 두 분 선생님들께서는 근 2년 동안 매주 한 번씩 장시간 지속된 윤독회에 빠짐없이 나오셔서 조언을 아끼지 않으시고, 우리가 연구대상에 과도하게 몰입될 때는 적당한 중재를 해주시기도 했다. 돌이켜 보면 아무것도 아닌 단어 하나를 건지기 위해 촉각을 곤두세우고 날을 세웠던 시간이 소중하게 느껴진다. 또한 윤독회에 참여한 연구원 강경희, 김지선, 정민경 님과 연구보조원 김아름, 이진아 님에게도 감사의 뜻을 전한다. 정확하고 친절한 번역이 되도록 나름대로 애를 쓰기는 했지만 여러모로 부족한 점이 많을 것이다. 현명하신 독자 여러분들의 애정 어린 비판과 질정을 바란다.

2011년 2월
봄이 오는 길목에서
역자 김의정 김수희 이은정

차례

1.

천천히 걷는 게 수레보다 좋구나

3.

봄바람은 늘 천 리를 함께 배회하네

4.

눈물로 쓴 시는 저승에 부치지 못 하네

5.

봄빛을 모아 벼루 연못에 들이고서

가 있어, 부족하나마 절구 네 수를 지어 조옹을 위해 변명을 하노라 제3수

昔趙子昂仕元, 其子仲穆畫蘭, 有人題云‘今日國香零落盡, 王孫芳草遍天涯’, 後竟不復畫. 餘感其意, 聊賦四絶, 爲仲穆解嘲 其四 ‖ 178

옛날 조맹부는 원나라에서 벼슬을 했고, 그의 아들 조옹이 난초를 그렸는데 어떤 사람이 "오늘 난초는 다 시들었는데 왕손(王孫)의 방초(芳草)는 하늘가에 가득하네"라고 화제(畫題)를 쓰자, 그 뒤로 끝내 다시는 그림을 그리지 않게 되었다. 나는 그의 뜻에 느낀 바가 있어, 부족하나마 절구 네 수를 지어 조옹을 위해 변명을 하노라 제4수

6.
내일 날씨는 맑을까, 흐릴까?

명대여성작가총서❶

이인시선

천천히 걷는 게 수레보다 좋구나

천천히 걷는 게 수레보다 좋구나

가난은 마귀처럼 떨어지지 않고 매번 명절 때면 더욱 고독하였던 시인이 삶을
살아낼 수 있었던 까닭은 풍경을 관조하고 자신을 발견할 줄 알았기 때문이다.
지팡이 짚으며 천천히 거닐다 머리털이 하얀 산새를 보고 나도 모르게 웃고 말
았다. 너도 늙은 것이냐? 늙은 새와 늙은 여인의 이 기막힌 조우(遭遇).

癸未喜歸蕪園[1] 其五

繁霜落林木,[2]

風繁入柴扉.[3]

鋤草饑鳥下,

栽梅野鶴歸.

灌園聊自適,

理釣解忘機,[4]

悟入無生法,[5]

方知昨日非.

『죽소헌음초(竹笑軒吟草)』

---

1) 癸未(계미): 1643년. 숭정(崇禎) 16년. 蕪園(무원): 절강성(浙江省) 해녕(海寧)에 있는 남편 갈징기(葛徵奇)의 고향집. 갈징기는 자신의 시집 제목을 『무원(蕪園)』이라고 하였는데 이는 도연명(陶淵明)의 「귀거래혜사(歸去來兮辭)」의 첫 구절 "돌아가자 논밭이 장차 황폐해지거늘 어찌 돌아가지 않으리오(歸去來兮, 田園將蕪胡不歸)"에서 유래한 듯하다.
2) 繁霜(번상): 된서리.
3) 繁(예): 풍향을 알아보기 위한 장치인데 여기서는 바람을 가리킨다.
4) 忘機(망기): 잔꾀나 속임수 따위를 잊다. 세상만사 모든 물욕(物慾)을 잊다.
5) 無生法(무생법): 불교 용어. 만물의 실체에는 생(生)도 없고 멸(滅)도 없다는 것으로 삶과 죽음의 경계가 없음을 의미한다.

계미년에 기쁘게 무원(蕪園)으로 돌아오다 제5수

된서리 숲속 나무에 내리고
바람자락 사립문으로 들어오네
잡초 솎아내자 굶주린 까마귀 내려오고
매화 심자 야생 학이 돌아오네
동산에 물 대며 잠시 유유자적하며
낚싯대 손보며 망기(忘機)를 깨닫네
삶도 죽음도 없다는 무생법(無生法)을 깨달으니
어제가 틀렸음을 비로소 알겠네

해제　　　연작시 6수 가운데 제5수이다. 전반부는 서리 내리고 바람 부는 가을에 황폐했던 무원을 돌보아 예전의 모습을 되찾았음을 말하였다. 후반부는 무원에서의 한가롭고 여유 있는 생활을 읊었다. 동산의 꽃과 나무에 물을 주거나 낚싯대를 정리하는 등의 일상생활을 통하여 바쁘게 살았던 지난날이 허망함을 깨닫게 된 것이다. 이러한 '망기(忘機)'의 경지는 무원에서의 작자의 삶이 여유롭고 만족스러움을 보여준다.

暮冬對雪 其三

獵獵鳴窓紙,[1]

紛紛滿石欄.

雪深人跡少,

風急鳥聲寒.

趺坐爐烟燼,

唧杯燭影殘.

徵書雖不到,[2]

高臥效袁安.[3]

『죽소헌음초삼집(竹笑軒吟草三集)』

---

1) 獵獵(엽렵): 의성어. 여기서는 창호지를 울리는 바람 소리를 형용한다.
2) 徵書(징서): 세금을 징수하는 문서.
3) 高臥(고와): 편안하게 눕다. 한가하게 누워 있다.
   袁安(원안): 동한(東漢)의 대신(大臣). 한대(漢代) 화제(和帝) 시기 두태후(竇太后)가 섭정하면서 외척인 두헌(竇憲) 형제가 정권을 장악하여 백성들의 원성이 자자하였다. 원안은 여러 차례 직언하여 그들의 횡포를 탄핵하였는데 이로 인해 두태후의 미움을 샀다. 그러나 원안의 절개와 품행이 높아서 두태후도 그에게 아무런 해를 가하지 못하였다 한다.

늦겨울에 눈을 대하고 제3수

바르르 창호지가 울리더니
어지러운 눈송이 돌난간에 가득하다
눈이 깊이 쌓여 인적 드물어지고
바람 급히 불어 새소리 처량해진다
책상다리하고 앉으니 화로 연기 가물대고
술 마시다보니 촛불 그림자 다해간다
세금 독촉 고지서가 오진 않았지만
편안하게 누워서 원안(袁安)이나 본받으련다

해제　　연작시 3수 가운데 마지막 작품이다. 눈 내린 겨울밤의 한적함을 노래하였다. 첫 두 구는 바람 불며 눈이 내림을 표현하였고 가운데 네 구는 눈 내린 후의 안팎 정경을 두 구씩 나누어 묘사했으며 마지막 두 구는 세금 독촉이나 받는 가난한 현실은 잠시 잊고서 편안하게 눈 내린 밤의 고아한 흥취를 즐기고자 함을 노래하였다.

新春自歎

自問何不死,

殘年又到春.[1]

雪消梅蕊綻,[2]

風入柳條新.[3]

髮爲傷時白,

眉因厭世顰.

眼枯雙淚盡,

非是獨愁貧.

『죽소헌음초삼집(竹笑軒吟草三集)』

---

1) 殘年(잔년): 만년(晩年).
2) 綻(탄): 꽃봉오리가 터지다. 꽃이 피는 것을 가리킨다.
3) 風入(풍입): 바람이 불다. 버들가지가 바람에 날리는 모습을 가리킨다.

새봄의 탄식

어찌 죽지 못하느냐 혼자 묻는데
만년에 다시 봄이 왔구나
눈 녹으며 매화 꽃봉오리 터지고
바람 부니 버들가지 싱그럽다
머리카락은 시절을 아파하느라 희어졌고
눈썹은 세상이 싫어서 찌푸렸다
눈이 마르도록 눈물 흘린 것은
가난 걱정 때문만은 아니란다

해제   새봄에 느끼는 슬픔을 노래하였다. 앞 네 구는 죽지 못해 사는 늙은
이에게도 새봄이 왔음을 표현하였고 뒤 네 구는 시국이 혼란할 때 가난 속에서
살아가는 삶도 슬프지만 새봄을 맞는 슬픔이 단순히 가난 때문만은 아님을 말
하고 있다. 명말청초라는 국가적인 혼란, 남편을 잃고 혼자 살아가는 늙은 여인
의 가난, 인생의 노년기(老年期)에 맞는 새봄에 대한 인식 등이 한데 어우러지
면서 시의 분위기가 한층 무거워진다. 죽지 못해 산다는 명대(明代) 여인의 탄
식이 지금까지도 귓가에 맴도는 듯하다.

長征

馬蹄沓沓逐年輪,[1]

芳草天涯泣路塵.[2]

爲送往來名利客,

柳條折盡不知春.

『죽소헌음초삼집(竹笑軒吟草三集)』

---

1) 沓沓(답답): 빨리 가는 모습.
2) 路塵(노진): 길가에 날리는 먼지.

기나긴 여정

말굽을 빨리 달려 세월의 수레바퀴 좇다가
풀 이어진 하늘 끝 길가 먼지 속에 우노라
명리를 좇아 오고가는 나그네들 전송하느라
버들가지 다 꺾이도록 봄인 줄도 몰랐노라

해제　　오랜 떠돌이 생활 속에 숱한 이별을 겪느라 시절도 모르고 살았음을 노래하였다. 기나긴 여정의 끝에서 인생을 되돌아보면서 헛되이 봄을 보내고 말았다는 뒤늦은 자각과 후회가 담담하게 표현되어 있다. 돌이켜보면 생의 전반부는 남편의 관직생활 때문에 이리저리 돌아다녔고 생의 후반부는 남편도 죽고 나라도 바뀌어 인생이 뿌리째 흔들렸었다. 거대한 시공간 속에 삶에 대한 자각과 후회를 노래하여 편폭은 짧지만 깊이가 느껴진다.

雪夜書懷 其四

夜半瀟瀟雪打窓,[1]

隨風點點冷殘釭.[2]

詩狂畫癖俱消盡,

獨剩窮魔未肯降.

『죽소헌음초삼집(竹笑軒吟草三集)』

---

1) 瀟瀟(소소): 비바람이 세차게 치는 모양. 여기서는 눈 내리는 소리를 가리킨다.
2) 釭(강): 등잔.

눈 내리는 밤에 정회를 쓰다 제4수

깊은 밤 휙휙 눈이 창을 두드리더니
바람결에 한 점 한 점 꺼진 등잔을 식힌다
시와 그림에 빠졌던 버릇 모두 사라졌지만
가난이란 마귀는 도무지 떨어지지 않는구나

해제　　　연작시 4수 가운데 마지막 작품이다. 전반부는 바람결에 눈이 실내에 들어와 마음까지 추워짐을 표현하였고 후반부는 가난이 끝까지 떨어지지 않음을 말하였다. 시인은 이제 늙어 옛날처럼 왕성한 기력으로 시와 그림에 몰두하지 못한다. 그런데 어째서 이 가난이라는 것만은 내 몸에서 떠날 줄을 모르는 것일까? 가난을 마귀라고 표현한 데서 가난으로 인한 작자의 고통이 얼마나 컸는지 짐작할 수 있다.

雨不歇

入春雨不歇,

苔草遍蘼蕪.[1]

路滑看花懶,

泥凝藉杖扶.

空梁歸燕子,

小圃喚提壺.[2]

人事多蕭索,[3]

村醪若箇沽.[4]

『죽소헌음초삼집(竹笑軒吟草三集)』

---

1) 蘼蕪(미무): 향초의 이름.
2) 提壺(제호): 제호(鵜鶘). 사다새.
3) 蕭索(소삭): 적막하고 쓸쓸함.
4) 村醪(촌료): 막걸리. 若箇(약개): 어느 곳. 어느 것.

비가 그치지 않아

봄이 되며 비 그치지 않아서
잡초가 향초를 뒤덮었다
길 미끄러워 꽃 보기 귀찮아지고
진흙 달라붙어 지팡이에 의지한다
텅 빈 들보에 제비 돌아오고
작은 채마밭에 사다새 운다
세상만사 대부분 쓸쓸한 것을
막걸리는 어디에서 사는가

해제　　비가 그치지 않아 쓸쓸해지는 심사를 읊었다. 봄비에 잡초가 무성해지고 밖에 나가려면 지팡이가 필요한 상황이라 내키지 않는 걸음을 억지로 옮기는데 봄이라고 제비는 돌아오고 채마밭에 사다새만 울고 있다. 세상만사란 대체로 이런 것인가? 어쩔 수 없는 수심을 시인은 막걸리에 풀어보려 한다. 지팡이에 의지해 비온 뒤의 진흙길을 걸으며 막걸리를 찾는 할머니 시인의 모습이 눈앞에 절로 떠오른다.

山居 其三

寄迹煙霞興倍幽,[1]
此身之外復何求.
千章古木隱茅屋,
萬壑奔泉藏釣舟.
砌莢生時推日月,[2]
巖花開處辨春秋.
閑行倚杖看雲起,
獨笑山禽有白頭.

『죽소헌음초삼집(竹笑軒吟草三集)』

---

1) 寄迹(기적): 잠시 몸을 기탁하다.
2) 莢(협): 꼬투리 모양으로 생긴 느릅나무 열매. 日月(일월): 시간. 계절. 절기.

산에서 지내며 제3수

안개 속에 몸을 맡겨 흥이 배로 그윽해지니
이 몸밖에 또다시 그 무엇을 구하리오
수천 그루 고목들은 초가집을 숨기었고
수만 계곡 급물살은 낚싯배를 감추었다
섬돌에 느릅 열매 생길 때 시간을 헤아리고
바위에 꽃 피어나는 곳에서 계절을 판단한다
한가로이 거닐다가 지팡이 짚고 피어오르는 구름 보다가
흰 머리털 산새에 혼자 웃노라

해제 연작시 4수 가운데 제3수이다. 산속에 묻혀 살고 있는 작자의 생활을 읊었다. 전반부는 깊은 산속에 몸을 의탁하였음을 말하였고 후반부는 산속에서의 생활을 노래하였다. 나무와 계곡에 둘러싸인 초가집과 낚싯배를 통해 산속생활의 한적한 정취를 느낄 수 있으며, 주변 식물을 통해 시절을 헤아리는 모습에서 자연과 하나가 된 작자의 삶을 엿볼 수 있다. 시의 이미지들은 일상의 나열인 듯하지만 꼭 그렇지만은 않다. 마지막의 '흰 머리털 산새'는 슬픔 속에서 건져 올리는 일종의 해학이다. 늙은 여자만큼 늙은 산새는 낯설고 어색하기 짝이 없다. 그래도 뭐 어때, 씨익 하고 웃어넘기는 시인의 모습이 눈앞에 선하다.

山居　其二

曉望晴巒出,

雲開樹色佳.

谷深堪遁迹,¹⁾

物外寄形骸.²⁾

乞火炊茶灶,³⁾

搜泉過石厓.

欲窮山僻處,

藉草整芒鞋.

『죽소헌음초삼집(竹笑軒吟草三集)』

---

1) 遁迹(둔적): 은거하다.
2) 物外(물외): 속세에서 벗어나다. 세외(世外). 形骸(형해): 인간의 몸. 용모.
3) 乞火(걸화): 불씨를 구하다.

산에서 지내며 제2수

새벽에 바라보니 환한 산봉우리 솟아 있고
구름 걷히니 나무빛깔 곱구나
골짜기 깊어 은거할 만하여
속세 벗어나 이 한 몸 의탁하였다
불씨 구해 차 화로에 불을 지피고
샘물 찾느라 바위 벼랑 지나간다
산 깊은 데까지 다 가보고자
풀섶에서 짚신을 고쳐맨다

해제　　연작시 6수 가운데 제2수이다. 전반부는 은거하여 사는 곳의 주변 모습을 묘사하였고 후반부는 그곳에서의 생활을 읊었다. 깊은 산속에 살기에 물 긷고 불 지피는 등 일상의 소소한 일들을 자신이 직접 해결하는 모습을 나타내었다. 당나라의 남성시인은 천리까지 바라보기 위해 다시 한층 누대를 올랐지만〔欲窮千里目, 更上一層樓〕, 명나라의 여성시인은 누대를 오르는 대신 소박한 산길을 택했다. 그리고 끝이 보이지 않는 길을 찾아 나서려고 신을 고쳐 신었다. 그림을 배우며 길렀던 사물에 대한 호기심이 삶에 대한 두려움을 이겨내는 자양분이 되었나보다.

入山閑咏

携囊策杖入煙霞,[1]

　卜築山中度歲華.[2]

筍箭蕨芽供野興,

藥爐茶竈是生涯.

乾坤未了英雄志,

宇宙能容隱逸家.

閑坐峰頭看瀑布,

風回石逕歸松花.[3]

『죽소헌음초삼집(竹笑軒吟草三集)』

---

1) 煙霞(연하): 안개와 노을. 넓은 의미로는 산수(山水)나 산림(山林)을 가리킨다.
2) 卜築(복축): 터를 정해서 집을 짓다. 이로 인해 정착한다는 의미가 있다. 歲華(세화): 세월.
3) 松花(송화): 솔방울. 송화 가루. 여기서는 송화 가루를 가리킨다.

산에 들어와 살며 한가하게 읊다

보따리 들고 지팡이 짚고 안개 속에 들어와
산 속에서 터 잡고 세월을 보내네
죽순과 고사리는 산속 흥취를 더해주고
약 달이는 화로와 차 끓이는 아궁이가 내 생애 전부라네
천지에 영웅의 뜻 아직 끝나지 않았지만
자연은 은거하는 이를 포용할 만하다네
산봉우리에 한가로이 앉아 폭포를 바라보니
바람 도는 돌길에 송화 가루 되돌아오네

해제　　산에 들어와 살며 지내는 생활과 그 흥취를 노래하였다. 전반부는 삶의 터전과 생활 모습을 읊었다. 깊은 산속에 들어와 죽순과 고사리를 캐며 약과 차를 달이는 일이 삶의 즐거움임을 말하였다. 후반부는 천하는 전란이 계속되고 있으나 자연은 자신을 받아 주어 이를 만끽하며 한가로이 살고 있음을 읊었다. 보따리 하나 들고 들어온 산속에서의 삶이 풍족하고 편한 것은 아니나 불안한 세상을 피해 들어온 자신을 받아준 자연이 작자에게는 한없이 고마운 존재임을, 또한 그러한 자연에서의 삶을 작자가 기꺼이 받아들이고 있음을 살필 수 있다.

自慰 其八

雨過荷香納晚涼,
瓷甌白酒味猶長.
休言隙影留難駐,[1]
塵世元非是故鄉.

『죽소헌음초삼집(竹笑軒吟草三集)』

---

1) 隙影(극영): 구멍에 비치는 해 그림자. 여기서는 빨리 지나가는 세월을 가리킨다.

스스로를 위로하며 제8수

비 온 뒤 연꽃 향기 서늘한 저녁기운 받지만
사발의 맑은 술은 그 맛이 오히려 좋구나
빠른 세월 붙잡기 어렵다 말하지 말라
속세는 원래 고향이 아니니까

해제　　　연작시 8수 가운데 마지막 작품이다. 시인은 명나라의 멸망과 남편의 죽음 이후 시와 그림을 정신적 지주로 삼아왔다. 『죽소헌음초삼집(竹笑軒吟草三集)』에 실린 시들은 오랜 기간 창작된 것으로 후반부로 갈수록 시인의 연륜과 함께 시의 깊이도 깊어지는 것을 볼 수 있다. 이 시에서 시인은 눈앞에 펼쳐진 아름다운 경치와 한 잔의 맑은 술을 즐길 뿐, 더 이상 속세의 시간에 연연해하지 말라고 경고 한다. 지금 살고 있는 이 세계는 영원한 윤회 중의 한 세상에 불과할 뿐이기 때문이다. 집착을 버린 노시인의 달관이 느껴지는 작품이다.

感懷

幸得天年樂,[1]

龍鍾仗古藤.[2]

淚殘風過燭,

燼盡曉時燈.

世事如棋局,

乾坤幾廢興.[3]

老隨惟白髮,

弔客有靑蠅.[4]

『죽소헌음초삼집(竹笑軒吟草三集)』

---

1) 天年樂(천년락): 천년의 즐거움. 여기서는 작자가 장수(長壽)함을 가리킨다.
2) 龍鍾(용종): 노쇠하다. 실의하다.
3) 乾坤(건곤): 하늘과 땅. 여기서는 천하(天下)를 가리킨다.
4) 靑蠅(청승): 파리 떼. 당대(唐代) 유우석(劉禹錫)의 「요상구중승(遙傷丘中丞)」에 "누가 조문객인가 오직 파리 떼만 있구나(何人爲弔客, 唯是有靑蠅)"라는 구절이 있는데 살아서는 지기(知己)가 드물고 죽어서는 조문객이 없다는 의미이다.

감회

다행히도 천수(天壽)를 누리는 즐거움 얻었기에
노쇠한 몸 오래된 등나무에 기대었네
바람 맞은 촛불에 촛농 눈물 다하고
새벽 등불에 심지 불씨 모조리 꺼졌네
세상일은 바둑 판 같아서
천하가 몇 번이나 흥하고 망했던가
늙은이 따르는 것은 백발뿐이니
조문객으로는 파리 떼만 있겠네

해제　　노년에 느끼는 역사의 흥망성쇠와 인생에 대해 노래하고 있다. 전반부에서는 전란의 시기에 다행스럽게도 목숨을 부지하게 된 것에 감사하는 한편, '눈물', '촛불' 등의 시어를 통해 깊은 밤 잠 못 드는 상황을 말하여 깊은 고독감을 표현했다. 후반부에서는 바둑판처럼 바뀌는 세상사에 감탄하며 백발이 된 지금 죽는다면 조문객도 없이 파리만 날릴 것이라 하여 쓸쓸한 심사를 토로했다.

七旬初度日有感[1] 其一

虛度浮生七十年,
本來參得小乘禪.[2]
幸無身後兒孫累,
古木墳頭啼杜鵑.

『죽소헌음초삼집(竹笑軒吟草三集)』

---

1) 初度(초도): 생일.
2) 小乘禪(소승선): 사람들을 인도하여 해탈(解脫)에 이르게 하는 불교 유파.

칠순 생일날 감회에 젖어 제1수

헛되이 보낸 덧없는 인생 70년
본래 소승(小乘)의 선(禪)을 깨달아
다행히도 이 몸 죽은 뒤 자손 걱정 없지만
무덤가 고목에서 두견새는 울리라

해제　　연작시 2수 가운데 제1수이다. 파란만장한 삶을 산 시인은 어느덧 홀로 칠순을 맞게 된다. 남편을 잃고 자식도 없이 홀로 일흔이 되도록 살아남은 사람의 허망함과 비애가 느껴진다. 불교를 수련했고 또한 돌봐야 할 자식도 없으니 더없이 홀가분하다고 말할 수도 있겠다. 그러나 무덤 앞 고목에서 울어대는 두견이 소리로 내면 깊은 곳의 공허감은 더욱 커지고 있다.

郊居雜咏 其五

甘處蓬茅老,[1]

閑門卽隱居.[2]

浮雲遮宇宙,

明月照丘墟.

閣貼遭饞鼠,[3]

藏書飽蠹魚.[4]

苟全丘壑裏,

隱步勝安車.[5]

『죽소헌음초삼집(竹笑軒吟草三集)』

---

1) 蓬茅(봉모): 쑥과 띠 풀로 지붕을 이은 집. 가난한 집을 가리킨다.
2) 閑(한): 막다. 여기서는 문을 닫는 것을 가리킨다.
3) 閣貼(각첩): 누각에 보관되어 있는 서첩이나 화첩.
4) 蠹魚(두어): 좀 벌레.
5) 安車(안거): 앉아서 타는 작은 수레. 고급관리나 귀부인이 사용하였으므로 부귀함을 비유한다.

교외에서 지내며 제5수

기꺼이 초가에 살면서 늙어가니

문 닫으면 바로 은거로구나

뜬 구름이 천지를 가리고

밝은 달이 언덕을 비춘다

누각의 서화(書畵)는 굶주린 쥐에 쏠리고

간직한 책들은 좀 벌레 배만 불린다

산골에서 구차한 삶 보전하지만

은거하여 걷는 일이 편안한 수레보다 낫구나

해제　　연작시 12수 가운데 제5수이다. 시골에 사는 한적한 삶을 달관의 어조로 노래하고 있다. 전반부는 초연한 어조로 초가에 은거하는 삶을 노래했다. 뜬 구름과 밝은 달이라는 보편적 경물을 언급하여 작은 사물에 구애되지 않는 흉금을 드러내었다. 후반부는 쥐에 쏠린 서화와 좀 먹은 장서라는 생활 속의 구체적 사물을 통해 일상의 모습을 보여주고 있다. 수레를 타지 못하는 가난한 생활이 어느새 산책을 즐기는 여유로움으로 바뀌었다.

 # 백발에 늘 장사의 근심을 품고

여성 시인으로서 시국을 걱정할 때 그녀는 마음속 깊이 협객이 된다. 갑옷 입은 목란이 부러워 칼자루를 쥐고 눈물을 흘렸다. 그러나 달관한 노년의 시인은 생명에 대해 따스한 시선을 보낼 줄도 알았다. 봄맞이 나온 꽃다운 처녀의 자태는 얼마나 아름다운가!

聞豫魯寇警1)

萬姓流亡白骨寒,

驚聞豫魯半凋殘.2)

徒懷報國慚彤管,3)

灑血征袍羨木蘭.4)

『죽소헌음초(竹笑軒吟草)』

---

1) 豫魯(예노): 하남성(河南省) 산동(山東) 지역.
2) 半(반): 대부분. 거의 다.
3) 彤管(동관): 붉게 칠한 붓대. 옛날에 여사(女史)가 궁중의 일을 기록하는 데 사용했던 붓으로 주로 여성들의 문학 활동을 가리킨다.
4) 征袍(정포): 출정하는 장수가 입는 갑옷 겉에 입는 웃옷. 木蘭(목란): 「목란사(木蘭辭)」의 주인공 이름. 여자의 몸으로 나이 많은 아버지 대신 출정하여 큰 공을 세우고 고향에 돌아오기 때문에 여성 장수(將帥)의 대명사로 사용된다.

예노(豫魯) 지역의 도적 주의보를 듣고

만백성이 떠돌다가 백골이 싸늘해졌는데
예노 지역마저 대부분 피폐했다는 말에 놀란다
보국(報國)의 뜻 품고서 붓대 놀리는 일 부끄럽고
출정 갑옷에 피 뿌렸던 저 목란(木蘭)이 부럽구나

해제　　전반부는 명말(明末)의 어지러운 정국을 말하였고, 후반부는 세상이 어지러운데 자신은 글 쓰는 일밖에 할 수 없으니 전장에 나가 싸웠던 목란이 부럽다고 읊었다. 직접 나서서 나라를 위해 싸우고 싶으나 그러한 능력을 갖추고 있지 않아 안타까운 마음을 드러냈다. 크고 작은 전쟁이 빈번하고 백성들의 소요가 심한 명말(明末)의 혼란스러운 사회를 고민하는 여성 작가의 고뇌를 살펴볼 수 있다.

有感

中原無地不風塵,[1)]

覓得雨舠寄水濱.[2)]

有約白鷗堪共隱,

逢人莫說避秦人.[3)]

『죽소헌음초속집(竹笑軒吟草續集)』

---

1) 風塵(풍진): 바람에 먼지가 날리다. 전란을 비유한다.
2) 雨舠(우도): 비를 막는 차양이 있는 배.
3) 避秦人(피진인): 진(秦) 나라를 피해 숨은 사람. 도연명(陶淵明)의 「도화원기(桃花源記)」
   에 나오는 이야기를 차용하였다. 여기서는 청나라를 피해 숨어사는 작자 자신을 가리
   킨다.

느낌이 있어

중원에는 전쟁 없는 곳이 없어서
작은 배를 구해 물가에서 산다네
신의 있는 갈매기는 함께 은거할 만하니
사람 만나도 청나라 피해 숨은 이를 말하지 말거라

해제　　　명나라가 망한 뒤 고향에 돌아와 은신하고 있는 상황을 노래한 작품
이다. 작품집의 배열순서로 보아 시를 지을 당시에는 아직 남편이 생존해 있었
던 듯하다. 남편은 명나라에서 고위 관직에 있었으므로 청나라가 들어선 뒤 정
치적 압력이 가해졌을 수도 있다. 혹은 잦은 전란과 기근으로 신변이 위험했을
수도 있다. 시인은 이러한 상황을 『도화원기(桃花源記)』의 전고를 빌어 갈매기
에게 숨어 사는 사람에 대해 말하지 말라고 당부하고 있다.

西郊看花自歎　其一

園林處處柳絲垂,

莫負春風桃李時.[1]

扶杖看花惟白髮,[2]

慚無斗酒聽黃鸝.

『죽소헌음초삼집(竹笑軒吟草三集)』

---

1) 莫負(막부): 저버리지 말라. 막(莫)은 '~하지 말라'는 부정 명령을 나타낸다.
2) 扶杖(부장): 지팡이로 몸을 떠받치다. 지팡이에 몸을 의지하다.

서쪽 교외에서 꽃구경하다 탄식하며 제1수

동산 숲 속 여기저기 버들가지 드리웠으니
봄바람에 복사꽃 피는 이 시절을 놓치지 마소
지팡이 잡고 꽃 보는 이 백발인 나뿐이니
부끄럽게도 꾀꼬리 소리 들으며 마실 술 한 말이 없구려

해제　　　연작시 5수 가운데 제1수로 봄날의 꽃구경을 노래하였다. 앞 두 구는 봄날의 좋은 시절을 즐기라 권하였고 뒤 두 구는 늙어서 꽃구경하는 심정을 노래하였다. 꽃은 보통 아름다운 여성을 비유하는 사물로 늙은 나이에 바라보는 꽃은 바로 자신의 청춘시절을 상기시키는 것이라고 할 수 있다. 따라서 꽃에 대한 집착은 청춘에 대한 미련과 아쉬움인 것이다.

400년 전 중국의 강남에서 꽃을 감상한 사람들은 어떤 모습이었을까? 우리는 흔히 치렁거리는 머리, 빛나는 피부의 미인을 떠올리게 된다. 그러나 꽃을 보는 모든 여성이 미인이었던 것은 아니며, 더구나 모든 여인이 젊었던 것도 아니다. 봄빛을 바라보는 백발이 성성한 할머니 시인의 자화상은 우리에게 많은 시사를 던져준다. 지팡이에 몸을 의지한 채 꽃을 구경하는 할머니의 모습이 서글프기는 하지만 시인은 적어도 자신을 개관할 만큼 여유가 있었다.

感時 其一

遍地干戈雉堞荒,[1]

未知何日定封疆.[2]

羽書北往軍需急,[3]

驍騎南來戰壘強.[4]

百里煙橫昏白晝,

千村民散變滄桑.[5]

那堪血濺河流赤,[6]

鬼火燒空慘月光.[7]

『죽소헌음초삼집(竹笑軒吟草三集)』

---

1) 遍地(편지): 도처에. 雉堞(치첩): 성곽의 담장.
2) 封疆(봉강): 경계. 변경(邊境).
3) 羽書(우서): 우격(羽檄). 깃털을 꽂아 보내는 격서(檄書)로 긴급한 경우에 사용하였다.
4) 戰壘(전루): 전쟁 중 방어용 보루.
5) 變滄桑(변창상): 창해가 뽕밭으로 변하다. 여기서는 전란으로 마을이 폐허로 변한 것을 가리킨다.
6) 那堪(나감): 어찌~할 수 있으랴.
7) 鬼火(귀화): 도깨비불. 영혼의 불이라고 믿는 미신 때문에 이렇게 부른 것이다.

시절을 느껴 제1수

곳곳이 전란 중이라 성벽이 무너지니
언제 변경이 안정될지 알지 못하겠네
격서가 북에서 가며 군수물자 급해지고
날랜 기병 남에서 오며 보루가 강해졌네
백 리 덮은 긴 연기에 대낮도 어둑하고
수천 고을 백성들 흩어져서 폐허로 변하였네
흩뿌리는 피에 강물 붉어짐을 어찌 견디랴
도깨비불 허공에 타오르니 달빛이 참혹하네

해제　　연작시 2수 가운데 제1수이다. 명말청초 전란으로 인해 피폐해진 시국을 노래하였다. 앞 네 구는 전란이 일어난 군대(軍隊)의 상황을 묘사하였고 뒤 네 구는 전란으로 인한 백성들의 참상을 노래하였다. 전란 때문에 사람들은 물론이고 자연물들도 하나하나 변괴가 일어난다. 즉 대낮도 어두워지고 마을도 폐허가 되며 강물도 붉어지고 달빛도 참혹해지는 것이다. 이러한 자연에 대한 묘사는 당시 사람들이 겪는 고통과 시련이 혹독하고 비참했음을 시사해준다.

憶昔 其五

正人多死節,[1)]

國亂勢倉皇.[2)]

舉世誰獨醒,[3)]

滿朝俱若狂.

兵戈同逐鹿,[4)]

得失歎亡羊.[5)]

更抱長沙泣,[6)]

空懷弔楚湘.[7)]

『죽소헌음초삼집(竹笑軒吟草三集)』

---

1) 死節(사절): 절개를 지키다 죽다.
2) 倉皇(창황): 다급하고 급박하다.
3) 擧世(거세): 온 세상.
4) 兵戈(병과): 여기서는 명말 전란을 일으킨 군웅(群雄)들을 가리킨다. 同逐鹿(동축록): 한대(漢代) 사마천(司馬遷) 『사기(史記)·회음후열전(淮陰侯列傳)』에 "진나라가 그 사슴을 잃어버리니 천하 사람들이 모두 그것을 좇았다(秦失其鹿. 天下共逐之)"라는 구절이 있는데, 명말(明末) 혼란한 시기를 틈타 군웅(群雄)들이 천자(天子)의 자리를 다투게 된 일을 가리킨다.
5) 亡羊(망양): 『장자(莊子)·변무(騈拇)』에 "장과 곡 두 사람이 함께 양을 길렀는데 둘 다 그 양을 잃어버렸다. 장에게 어찌된 일이냐고 물으니 채찍을 끼고서 책을 읽었다 하며 곡에게 어찌된 일이냐고 물으니 육박(六博) 놀이 하며 놀았다고 하였다. 두 사람이 일한 것은 다르지만 그 양을 잃게 된 데는 동일하다(臧與穀二人相與牧羊, 而俱亡其羊. 問臧奚事, 則挾策讀書, 問穀奚事, 則博塞以游. 二人者, 事業不同, 其於亡羊, 均也)"라는 구절이 있는데, 군웅(群雄)들이 각자 명분을 내세워 다투었지만 결국은 명나라가 망하는 결과를 초래하였음을 의미한다.
6) 長沙泣(장사읍): 서한(西漢) 시기 장사태부(長沙太傅)로 폄적된 가의(賈誼)가 자신의 처지를 슬퍼하여 울다가 요절한 일을 가리킨다.
7) 空懷弔楚湘(공회적초상): 서한(西漢)의 가의(賈誼)가 「조굴원부(弔屈原賦)」를 지어 굴원(屈原)을 조문한 것처럼 자신도 이 시를 통해 굴원을 조문하겠다는 의미를 나타낸다.

지난날 생각하며 제5수

정직한 사람들 대부분 절개 지키다 죽으니
나라의 전란은 그 형세가 다급했었다
온 세상에 누가 홀로 깨어 있었나
조정 가득한 신하 모두 미치광이 같았다
군웅들이 모두 천자라는 사슴을 좇았지만
득실을 따지면 명(明)나라라는 양을 잃고 탄식했었다
장사(長沙)에서 울다 죽은 가의(賈誼)의 맘 다시 지닌 채
상강(湘江)에서 빠져 죽은 굴원(屈原)을 조문할 뜻 헛되이 품었었다

해제　　연작시 12수 가운데 제5수이다. 전란이 일어났지만 나라를 지킬 충신이 없음을 한탄하였다. 앞 네 구는 전란이 일어났지만 충신은 사라지고 미치광이만 날뛰는 상황을 표현하였고 뒤 네 구는 각자의 이익을 다투다가 결국 나라가 망하게 되자 충신을 생각하게 됨을 노래하였다. 시인은 직접 굴원의 죽음을 애도한 가의의 입장이 되어 옛 충신은 부질없이 목숨만 잃었고 결국 왕조가 바뀌고 말았다는 무상감을 표현하였다.

農家苦雨　其一

蠶事才完農事催,
今同二月賣新絲.1)
兒曹不解田家苦,
日望場頭麥熟時.

『죽소헌음초삼집(竹笑軒吟草三集)』

---

1) 賣新絲(매신사): 2월에는 누에가 막 나와서 본래 비단실이 없는데 세금을 내기 위해
　　미리 다음번 비단실을 파는 일을 가리킨다.

농촌의 굳은 비 제1수

양잠일 겨우 끝내자 농사일 재촉하는데
지금도 2월처럼 비단실 미리 팔아야하네
아이들은 농촌의 고통을 알지 못한 채
날마다 마당의 보리가 익기를 바라보네

해제　　　연작시 3수 가운데 제1수이다. 연이은 양잠일과 농사일에도 불구하고 가난에서 벗어나기 힘든 농촌의 실상을 노래하였다. 앞 두 구는 양잠과 농사일을 해도 세금 내기 빠듯함을 지적하였고 뒤 두 구는 아이들을 통해 여전히 춘궁기(春窮期)에서 벗어나지 못함을 표현하였다. 순진무구한 동심(童心)을 통해 농촌의 고된 일상과 가난을 그려내어 마음이 더욱 아프다.

病起夜坐口占¹⁾ 其三

龍鍾老病又驚秋,²⁾
白髮常懷壯士憂.
報國有心無劍術,
空將時事鎖眉頭.

『죽소헌음초삼집(竹笑軒吟草三集)』

---

1) 口占(구점): 입에서 나오는 대로 짓다. 시가 형식의 하나.
2) 龍鍾(용종): 노쇠하다. 실의하다.

병중에 밤에 일어나 앉아 제3수

실의하고 늙고 병든 몸이 가을에 또 놀라지만
흰 머리에도 늘 장사(壯士)의 근심 품고 있네
나라에 보답하려는 마음 있어도 검술이 없으니
시국 때문에 부질없이 눈썹 찌푸리네

해제　　연작시 3수 가운데 마지막 작품이다. 전반부는 흐르는 세월에 놀라는 병든 백발의 노인일지라도 마음에 품은 뜻은 늙지 않았음을 읊었다. 후반부는 마음에 품은 포부가 원대해도 검술이 없으니 부질없음을 말하였다. 늙고 병든 여인이라도 나라를 걱정하는 마음은 젊은 장부 못지않다.

郊居雜咏 其十二

隱迹深村裏,

終非安樂窩.

攜笻問時事,

倚劍待揮戈.1)

羽檄徵求急,2)

人民塗炭多.

浮生如夢幻,

無處避風波.

『죽소헌음초삼집(竹笑軒吟草三集)』

---

1) 揮戈(휘과): 무기를 휘두르다.
2) 羽檄(우격): 깃털을 꽂아 긴급함을 표시한 고대의 군사 문서.

교외에서 지내며 제12수

깊은 산골에 몸을 숨겼지만
결국 안락한 보금자리는 아니로다
지팡이 끌고 세상 일 물어보고
검에 기댄 채 칼 휘두르길 기다린다
출정 요구하는 격서는 다급하고
도탄에 빠진 백성들은 많구나
덧없는 인생 꿈처럼 허망하여
풍파를 피할 곳이 없어라

해제 연작시 12수 가운데 마지막 작품이다. 이인이 사는 세상은 혼자서 생계를 해결해야 하는 문제 외에도 청나라 초기의 정국 불안으로 잦은 국지전이 발생하여 위험한 상황도 적지 않았던 듯하다. 이 시는 은거해 살면서 불안한 시국을 염려하는 시인의 심사가 드러나 있다. 시집의 배열로 볼 때 이 시는 이미 칠순을 넘긴 후에 지은 것으로 보인다. 지팡이를 끌면서도 한편으로는 검을 들고 도탄에 빠진 채 시국을 걱정한다는 할머니 시인의 모습이 신선하게 다가온다.

吊虞姬, 時家祿勛同縉紳先生各有咏, 余耻巾幗餘習, 詩以
壯之, 用原韻[1] 其一

十年磨得劍猶腥,[2]
一日酬知天欲暝.[3]
俠骨不敎塵土掩,
時時風雨泣冬靑.[4]

『죽소헌음초(竹笑軒吟草)』

---

1) 虞姬(우희): 우미인(虞美人). 항우(項羽)의 애첩으로 항우가 해하(垓下)에서 유방(劉邦)
　에게 포위당하자 자진했다고 한다. 縉紳(진신): 신(紳)은 벼슬아치가 예복에 갖추어 맨
　큰 띠로 사대부나 관직에 있는 사람을 가리킨다. 巾幗(건괵): 부녀자들의 두건과 머리
　장식. 나중에는 부녀자를 가리키게 되었다. 餘習(여습): 남아있는 버릇이나 습관.
2) 腥(성): 비린내가 나다.
3) 酬知(수지): 자신을 알아주는 사람에게 보답하다.
4) 冬靑(동청): 사철나무. 여기서는 우희(虞姬)의 굳센 절개를 비유한다.

우희를 애도한다. 당시 남편이 동료관리들과 각기 읊은
시가 있는데 나는 여자들의 문투가 부끄러워 시에서 장
중하게 노래해본다. 원래 운자(韻字)를 사용한다 제1수

십년을 싸웠지만 칼에는 여전히 피비린내 났는데
알아준 이에게 하루 만에 보답하려 했지만 날은 저물어갔다
의로운 기골 진토로는 덮이지 않나니
때때로 부는 비바람이 사철나무에서 흐느낀다

해제　　　연작시 2수 가운데 제1수이다. 전반부는 우희의 시각에서 자신을 사
랑해준 항우에게 보답하려 해도 이미 날도, 하늘의 뜻도 다했음을 읊었다. 후반
부는 목숨으로 보답한 우희의 절개는 세월이 흘러도 잊히지 않음을 말하였다. 『
사기(史記)·항우본기(項羽本紀)』에 의하면 유방에게 포위당한 항우가 우희의
안전을 걱정하자 우희는 항우의 걱정을 덜어주고자 자결했다고 한다. 절개 굳은
여인을 '의로운 기골'과 '사철나무'로 표현한 제3구와 제4구는 마치 남성 영웅
을 읊은 듯하여 장중하게 표현하겠다는 작자의 의도가 정확히 반영되었다 할
수 있다.

較書王玉煙訂盟於介龕矣, 後復敗盟, 簡笥中得其小似, 代
爲解嘲.¹⁾ 其三

雪滿寒林酒滿觴,
辭君非爲看花忙.
殷勤早向燈前約,²⁾
敢負劉郞戀阮郞.³⁾

『죽소헌음초(竹笑軒吟草)』

---

1) 較書(교서): 교서(校書). 일반적으로 고대 서적의 교감과 정리를 맡았던 관원을 말하나
  여기서는 기녀(妓女)를 가리킨다. 당대(唐代) 설도(薛濤)는 시문(詩文)에 능한 명기(名
  妓)로 당시 여교서(女校書)라고 불렸다. 그 후 여교서는 기녀의 아칭(雅稱)으로 쓰였는
  데 이를 줄여 교서라고도 했다. 訂盟(정맹): 동맹을 맺음. 약속을 맺음. 介龕(개암): 작
  가의 남편 갈징기(葛徵奇, ?~1645)의 호. 敗盟(패맹): 약속을 깨다.
2) 殷勤(은근): 은근(慇懃)하다.
3) 劉郞阮郞(유랑완랑): 유신(劉晨)과 완조(阮肇). 남조(南朝)시대 송(宋) 유의경(劉義慶)의
  『유명록(幽明錄)』에 의하면 동한(東漢) 영평(永平) 연간 섬현(剡縣) 사람인 유신과 완
  조가 천태산(天台山)에 약 캐러 갔다가 길을 잃었는데 우연히 두 여인을 만나 집으로
  가서 호마(胡麻)로 만든 밥을 먹었다. 그 후 반년 동안 이곳에 머물다가 고향으로 돌아
  갔더니 그 자손이 이미 7대나 지나있었다고 한다.

기녀 왕옥연이 개감에게 언약을 했다가 나중에 다시 이
를 깨뜨렸다. 편지상자에서 작은 쪽지 같은 것을 얻었
기에 그녀 대신 비난을 해명한다 제3수

추운 숲에는 눈이 가득 술잔에는 술이 가득
그대 떠난 것은 꽃 보느라 바빠서가 아니예요
은근하게 등불 앞에서 일찍이 언약했는데
어찌 멋진 유랑 저버리고 못난 완랑 사모하겠어요

해제　　　연작시 4수 가운데 제3수이다. 기녀 왕옥연이 남편인 갈징기와 사랑
을 맹세했다가 후에 이를 깼다. 작자는 우연히 편지상자에서 이러한 내용의 글
을 보고 왕옥연을 대신해 변호하는 시를 지은 듯하다. 전반부는 사랑하는 님과
헤어진 후 실의에 빠져 술 마시고 있는 모습을 노래했다. 후반부는 어찌 다른
이를 사모했겠냐는 반문을 통해 사랑하는 님을 배신하지 않았음을 드러냈다. 헤
어짐의 원인이 다른 사람을 사랑해서가 아니라 피치 못할 사정에 있음을 암시
하고 있다. 이 작품 외에도 「기녀 왕옥연을 추억하며 부치다(寄懷王玉煙較書)」
라는 연작시 2수가 있는 것으로 보아 한때 기녀였던 작자는 왕옥연과 친분이
상당히 두터웠던 것으로 추정된다.

送家祿勛至常山賦別1) 其二

輕舸已說到江頭,
淚泣灘聲日夜流.2)
此別經年腸欲斷,
如何敎妾獨回舟.

『죽소헌음초(竹笑軒吟草)』

---

1) 常山(상산): 절강성(浙江省) 구주시(衢州市) 상산현(常山縣)에 있는 산 이름.
2) 灘聲(탄성): 여울물이 흐르는 소리.

남편 전송하며 상산에 도달하여 이별을 읊다 제2수

가벼운 배가 강가에 이르렀다 벌써 말하는데
흐느끼는 여울물 소리 밤낮으로 흐르네요
이번 이별은 해를 넘길 터라 애간장 끊어지는데
어찌 저에게 홀로 배를 돌리라 하시나요

해제　　연작시 2수 가운데 마지막 작품으로 남편을 전송하며 쓴 이별시이다. 전반부는 헤어질 시간이 임박한 상황을 읊었으며 후반부는 긴 이별을 앞두고 헤어지기 힘든 상황을 하소연하였다. 마지막 구절은 직접화법을 사용하여 이별의 슬픔과 원망을 담아냈다. 첩의 신분이었던 작자는 일반 사대부 출신의 여자보다 애정표현이 직접적이고 자유로운 듯하다.

嘲歌妓 其一

對鏡愁看雙鬢絲,

舞腰非復楚宮時.¹⁾

年年芳草空留恨,

莫怨尋春杜牧遲.²⁾

『죽소헌음초삼집(竹笑軒吟草三集)』

---

1) 楚宮(초궁): 춘추전국시대의 초나라 궁전. 『한비자(韓非子)·이병(二柄)』에 의하면 초 (楚) 영왕(靈王)이 허리가 가는 여자를 좋아하여 당시 굶어 죽는 여자가 많았다고 한 다.

2) 尋春杜牧遲(심춘두목지): 두목(杜牧)은 만당(晩唐) 시기의 유명한 시인. 두목이 젊은 시 절 선주막부(宣州幕府) 심전사(沈傳師) 밑에서 일할 때 미래를 약속했던 소녀가 있었는 데 후에 찾아갔지만 이미 시집 간 뒤라서 「탄화(歎花)」라는 시를 지었다고 한다. "꽃 찾음이 너무 늦었음을 한탄하니, 지난날 일찍이 아직 피지 않았을 때 보았었다. 지금은 바람에 꽃잎 여기저기 떨어졌고, 푸른 잎 무성하고 열매가 가지에 가득하구나(自恨尋 芳到已遲, 往年曾見未開時. 如今風擺花狼藉, 綠葉成陰子滿枝)"

가기(歌妓)를 비웃다 제1수

거울로 가늘어진 살쩍머리 걱정스레 보는데
춤추던 허리 이제는 초(楚)의 미녀처럼 가늘지 않네
해마다 봄풀은 부질없이 한을 남기나니
봄 찾는 두목(杜牧)이 더디 온다 원망 마시게

해제　　연작시 4수 가운데 제1수이다. 전반부는 늙어 예전 같지 않은 가기(歌妓)의 모습을 읊었고, 후반부는 매년 님을 기다리며 한스러워하는 가기에게 님을 원망할 자격이 없다고 조롱하고 있다. 시인은 님을 기다리며 늙어 가는 가기에게서 자신의 모습을 떠올렸는지도 모른다.

自慰 其四

謀生無策作生涯,
白髮盈頭感物華.
曉月殘鐘花上露,
隨緣自適亦仙家.[1]

『죽소헌음초삼집(竹笑軒吟草三集)』

---

1) 自適(자적): 한가하게 살면서 그 즐거움을 절로 깨달음.

스스로를 위로하며 제4수

인생살이에 대책 없는 것이 내 삶이지만
백발이 머리에 가득하니 자연의 성쇠가 느껴지네
새벽달과 다하는 종소리 그리고 꽃 위의 이슬
인연 따라 유유자적(悠悠自適) 또한 신선이라네

해제　　연작시 8수 가운데 제4수이다. 시인의 만년작품으로 생각되는 이 시는 늙고 궁핍한 처지의 자신을 위로하고 있다. 백발이 성성한 할머니는 어느 봄날 눈앞의 아름다운 풍광을 바라보며 이 순간이 결코 오래 지속될 수 없음을 떠올린다. 새벽달처럼, 잦아드는 종소리처럼, 꽃잎 위의 이슬처럼…… 가장 아름다운 것은 그 절정에서 곧 사라지고 만다. 돌이켜보면 젊은 시절이 꿈만 같다. 그러나 시인은 비탄에 빠지기보다는 자연의 법칙을 받아들이기로 한다. 아등바등하지 않고 적어도 세상이 나에게 허락한 시간만큼은 유쾌하게 지내다 가리라. 이렇게 사는 것도 또한 신선세상 아니겠는가?

感懷

遍地烽煙四野蒿,

聊將筆墨寄牢騷.1)

澄淸有日悲吾老,2)

平寇無能舞寶刀.

『죽소헌음초삼집(竹笑軒吟草三集)』

---

1) 牢騷(뇌소): 억울하고 불만족스러운 감정이나 말. 불평하다.
2) 澄淸(징청): 천하를 평정하다. 有日(유일): 많은 날. 많은 시간.

감회

도처에 봉화연기 오르고 들판에 쑥만 무성하여
잠시 붓과 먹으로 마음속 시름을 적어본다
천하가 바로잡히는 데는 시간이 걸리는데 내 늙음이 슬프고
도적을 평정하려 해도 칼 휘두를 재간이 없구나

해제　　전란이 잦은 현실을 우려하며 그러한 상황을 타개할 힘이 없음을 슬퍼하고 있다. 시집의 배열 순서로 볼 때 이 작품은 시인이 칠순을 넘긴 후에 지은 것으로 보인다. 혼자서 자신의 몸을 돌보는 것도 쉽지 않은 나이에 이 할머니는 시국을 염려하면서 천하를 다스리고 도적을 평정하고자 한다. 시인의 마음 속 깊은 곳에는 세상을 위해 일하지 못하고 부질없이 목숨만 연명하고 있다는 자책이 있지 않았을까?

이인의 시는 생의 후반부로 갈수록 편안하고 담담한 필치 안에 무언가 침범할 수 없는 강인함이 발견된다. 개인적 삶에 함몰되지 않고 미약하나마 세상과 소통하고자 한 의지가 어쩌면 세상을 견디는 힘이 되었으리라.

봄바람은 늘 천 리를 함께 배회하네

봄에는 봄맞이 춘승(春勝)을 자르고 여름에는 푸른 모종에 물을 주었다. 귤과 유자 익는 가을의 정취를 사랑했고 추위에 떨어도 새해 첫눈만큼은 기쁘게 맞았다. 그러나 견딜 수 없는 것은 외로움. 대보름엔 그 흔한 폭죽도 없이 마당을 비추는 달님뿐이었다.

暮春苦雨[1]

花事逐春歸,[2]

積陰連寒雨.[3]

著屐護藥欄,

菖蒲長幾許.[4]

『죽소헌음초(竹笑軒吟草)』

---

1) 苦雨(고우): 궂은비.
2) 花事(화사): 봄날의 꽃놀이 등 꽃과 관련된 일.
3) 積陰(적음): 쌓인 음기(陰氣). 여러 날 계속되는 흐린 날씨.
4) 幾許(기허): 얼마 가량. 얼마쯤.

늦봄의 궂은 비

꽃놀이하며 가는 봄을 좇는데
계속되는 흐린 날씨에 차가운 비 이어지네
나막신 신고 작약 난간 돌보는데
창포는 얼마만큼 자랐을까

해제 비 내리는 늦봄의 정취를 읊었다. 전반부는 늦봄에 몇날 며칠 비가 내리고 있음을, 후반부는 그 와중에 정원을 돌보고 있음을 노래했다. 봄이 가는 것을 슬퍼하는 것이 아니라 빗속에서도 나막신을 신고 정원을 돌보는 모습이 신선하고 흥미롭다. 이 때문에 '늦봄'과 '궂은 비'라는 제목에도 불구하고 시정(詩情)이 어둡지 않으며 작자 특유의 적극적인 생활 태도와 여성성도 엿볼 수 있다.

雪夜

日暮林皐噪晚鴉,
北風飛絮撲窓紗.¹⁾
擁爐獨坐寒宵永,
竹裏茶鐺煮雪花.

『죽소헌음초(竹笑軒吟草)』

---

1) 飛絮(비서): 바람에 날리는 버들 솜. 여기서는 눈을 비유한다.

눈 오는 밤

해 저문 숲 언덕에 저녁까마귀 시끄러운데
북풍에 버들 솜 눈 비단 창을 두드린다
화로 안고 홀로 앉으니 추운 밤 길기만하여
대 숲에서 차 솥에다 눈꽃을 끓인다오

해제　　눈 오는 밤에 차를 끓여 마시는 정경을 읊고 있다. 전반부는 해저물
녘 눈이 내리는 풍경을 노래했고 후반부는 겨울밤이 춥고 외로워 잠들지 못하
는 모습을 읊었다. 창에 눈송이가 부딪히는 소리를 '두드린다'라고 표현하여 창
가를 톡-톡 치는 그 소리가 귀에 들릴 듯하다. 눈 내리는 겨울 밤 차를 마시려
눈을 끓이는 정취가 고상하여 외로움조차 즐기는 듯한 작자의 여유가 느껴진다.

元旦禮家祿勛像

深深拜禱慶新正,[1]

柏酒斟來手自擎.[2]

欲訴愁懷千萬種,

幾回含淚又低聲.

『죽소헌음초삼집(竹笑軒吟草三集)』

---

1) 深深(심심): 차분하게. 침착하게. 新正(신정): 음력 1월.
2) 柏酒(백주): 측백나무 잎으로 만든 술. 춘절(春節)에 이 술을 마시면 나쁜 기운을 막을
   수 있다 한다.

새해에 남편의 초상화에 예를 올리며

차분하게 절하고 빌면서 새해를 축하하고
측백나무 술을 따라 손수 올린다
수많은 근심을 하소연하려다
몇 번이나 눈물 글썽이고 또 중얼거렸나

해제　　남편의 초상화에 예를 올리는 새해의 풍속을 노래하였다. 앞 두 구에서는 예를 올리는 모습을 묘사하였고 뒤 두 구에서는 근심을 말하려다 마는 모습을 노래하였다. 처음에는 차분한 마음이었으나 예를 올리는 동안 점차 감정이 고조되어 시인은 결국 눈물을 머금고 낮은 목소리로 천만가지 수심을 호소하고 만다. 시간이 흘렀어도 가난과 고독 때문에 남편에 대한 그리움은 더욱 깊어진 듯하다.

暮春 其二

窮愁鎭日把眉攢,[1]

豆莢花香梅子酸.[2]

紅到櫻桃將入夏,

感時懷抱幾曾寬.[3]

『죽소헌음초삼집(竹笑軒吟草三集)』

---

1) 窮愁(궁수): 곤궁함과 근심. 鎭日(진일): 온종일.
2) 豆莢(두협): 콩 이름. 완두콩인 듯하다.
3) 幾曾(기증): 어찌~한 적이 있는가. 하증(何曾)과 같다.

늦봄 제2수

가난과 근심으로 온종일 눈썹 찌푸렸는데
콩꽃은 향기 나고 매실은 시어졌다
앵두 붉어지며 여름이 시작되려는데
시절 느끼는 마음이 언제 여유로운 적 있었나

해제 연작시 2수 가운데 마지막 작품이다. 앞 두 구는 가난과 근심 때문에 고민하는 사이 콩과 매실이 절로 익어 감을 노래하였고 뒤 두 구는 봄에서 여름으로 계절이 바뀌지만 여유롭게 대하지 못하는 심정을 표현하였다. 작자는 제1구에서 '가난과 근심' 때문에 고민한다고 분명히 밝혔는데 이는 봄이 감을 하릴없이 슬퍼하는 전통적인 시가와 다른 점이다. 이러한 가난으로 인해 작자는 쓸데없이 화려하기만 한 낙화(落花)보다는 생활에 유용한 콩꽃과 매실에 관심을 두었으며, 농번기(農繁期)인 초여름을 맞는 마음이 여유롭지 못함을 표현하였다.

七夕 其一

守拙何須乞巧絲,¹⁾
鵲橋今夕渡河時.
相逢仍作經年別,
猶勝人間無見期.

『죽소헌음초삼집(竹笑軒吟草三集)』

---

1) 守拙(수졸): 소박함을 지키다. 여기서는 소박함을 편히 여겨 허위(虛僞)나 명리(名利)를
   추구하지 않음을 가리킨다. 何須(하수): 어찌 반드시~하랴. 하필(何必)과 같다. 乞巧(걸
   교): 칠석날 직녀에게 여인들이 바느질 솜씨를 구하던 풍속.

칠석 제1수

소박함을 추구하니 바느질 솜씨 구할 필요 있으랴.
오늘밤은 오작교로 은하수를 건너는 날
만나면 또 한 해를 떨어져 있겠지만
그래도 만날 날 없는 인간세상보다 낫지요

해제　　연작시 2수 가운데 제1수이다. 앞 두 구는 칠석날의 걸교(乞巧) 풍속과 견우직녀 전설을 말했으며 뒤 두 구는 1년에 한 번씩 만나는 견우직녀를 통해 남편과 만날 기약 없는 자신의 처지를 강조하였다. 작자는 칠석의 대표적인 풍속인 걸교(乞巧) 행사에는 관심이 없고 견우직녀의 만남에 주안점을 두었는데, 이는 작자 자신이 남편과 사별(死別)하였다는 사실을 고려하면 그들의 만남과 자신의 영원한 이별을 대조하기 위한 것이다. 이러한 대조는 칠석날을 홀로 보내는 작자 자신의 외로움과 슬픔을 더욱 부각시킨다.

長至¹⁾

一線初添日漸長,²⁾

女紅知爲阿誰忙.³⁾

流光催剪迎春勝,⁴⁾

垂老傷懷淚幾行.

『죽소헌음초삼집(竹笑軒吟草三集)』

---

1) 長至(장지): 동지(冬至). 하지(夏至)가 지나면 낮이 점차 짧아졌다가 동지(冬至)에 이른
   후 다시 길어지므로 장지(長至)라 한다.
2) 一線初添(일선초첨):『세시광기(歲時廣記)』권38에『세시기(歲時記)』를 인용하여 "위진
   시기에 궁중에서 붉은 실을 이용하여 해 그림자를 재었는데 동지 다음날부터 날마다
   한 줄을 보태어 길게 하였다(晉魏間, 宮中用紅線量日影, 冬至後日添長一線)"라고 하였
   다. 이는 절기가 동지(冬至)로 바뀐 것을 가리킨다.
3) 女紅(여홍): 길쌈이나 바느질 같은 부녀자들의 일. 여공(女工)과 같다. 阿誰(아수): 누구.
4) 春勝(춘승): 부녀자들의 머리 장식. 입춘 날 여자들이 색종이를 겹쳐 잘라 마름모 이어
   지는 모양을 만든 것으로 머리장식에도 사용되었다.

동지(冬至)

실 한 가닥 처음 더하며 낮 점차 길어지니
여자들의 일이 누구 때문에 바빠졌는지 아는가
세월이 봄맞이 춘승(春勝)을 자르라 재촉하니
늙어가는 슬픔에 눈물이 몇 줄기

해제　　동지(冬至)에서 입춘(立春)을 향하게 되면서 세월이 가는 아쉬움을 노래하였다. 앞 두 구는 낮이 길어지는 동지가 되면서 여성들의 일도 많아짐을 말하였고 뒤 두 구는 입춘이 다가오면서 세월이 가는 슬픔을 표현하였다. 동지가 되면 베 짜는 양을 늘리고 입춘이 되면 춘승을 자르는 등, 절기마다 여러 가지 일로 분주한 여성들의 일상과 더불어 그러한 일상 속에 어느덧 속절없이 세월만 흘러가버리는 서글픔이 눈물 속에 드러나 있다.

村居四時樂 其二

蟬鳴叢樹裏,

暑氣正炎歊.[1]

檻外多添竹,

窓前半種蕉.

短畦除碧草,

新水灌靑苗.

適口村蔬美,[2]

忘憂酒滿瓢.

『죽소헌음초삼집(竹笑軒吟草三集)』

---

1) 炎歊(염효): 불타오르고 김이 오르다. 뜨거운 더위를 가리킨다.
2) 適口(적구): 입맛에 맞다.

시골 사는 사계절의 즐거움 제2수

울창한 숲속에서 매미 울어대고

더운 열기 한창 뜨겁다

울밖엔 대나무 많이 덧대었고

창 앞엔 파초를 대부분 심었다

좁은 밭두둑에서 푸른 풀 뽑고

신선한 물을 푸른 모종에 대준다

입에 맞는 시골 채소 그 맛이 좋으며

근심 잊게 하는 술은 표주박에 가득하다

해제　　　연작시 4수 가운데 제2수이다. 시골에 살면서 느끼는 여름철 즐거움을 노래하였다. 첫 두 구는 한여름이 되었음을 말하였고 가운데 네 구는 집안과 논밭의 여름 풍경을 각각 묘사하였으며 마지막 두 구는 나물 안주에 술 마시는 즐거움을 노래하였다. 작자는 시골생활을 즐겁다고 표현했는데 이 즐거움은 대나무를 덧대고 파초를 심고 풀을 뽑고 모종에 물을 대는 등, 땀 흘리는 노동의 즐거움으로서 단순한 음풍농월을 넘어선다. 특히 작자가 여성임을 고려하면 이 시는 노동을 통해 즐거움을 찾아내는 적극적이고 생활력 강한 여성상을 보여준다고 할 수 있다.

村居四時樂 其三

槿籬新雨過,[1]

曲水繞茅堂.[2]

霜入楓林紫,

秋深橘柚黃.

稻粱多刈穫,[3]

婦子自寧康.

散步溪頭看,

橋西煮酒香.

『죽소헌음초삼집(竹笑軒吟草三集)』

---

1) 槿籬(근리): 무궁화나무를 심어서 만든 울타리.
2) 茅堂(모당): 띠 풀로 지붕을 이은 초가집.
3) 刈穫(예확): 수확.

시골 사는 사계절의 즐거움 제3수

무궁화 울타리에 금세 비 지나가니

굽은 물길 띳집을 감아 도네

서리 내려 단풍나무 붉게 물들었고

가을 깊어 귤과 유자 노랗게 익어가네

벼와 기장은 수확량이 많아서

부인과 자식들 절로 편안하네

산보하다 시냇가에서 보니

다리 서쪽에서 술 데우는 향기 나네

해제　　연작시 4수 가운데 제3수로 가을날 시골에 살면서 느끼는 즐거움을 노래하였다. 앞 네 구는 아름다운 가을 풍경을 묘사하였고 뒤 네 구는 가을의 풍성한 수확으로 인해 너나할 것 없이 모두 편안해하고 즐거워함을 노래하였다. 작자의 가을은 단풍이 물들고 오곡백과(五穀百果)가 익어가는 아름답고 풍성한 계절로서 이는 시골에서 직접 농사지으면서 관찰하고 깨달은 가을의 진면목이라 할 수 있다. 가을은 조락(凋落)을 슬퍼하는 계절이 아니라 수확을 기뻐하는 계절이다. 노동에서 배제되었던 남성 문인들은 전통적으로 슬픈 가을을 노래하는 비추(悲秋)의식을 이어왔지만 한 무리의 시인들은 전원에서 새로운 삶의 가치를 발견하기도 했다. 이인의 이 시 역시 사회적 성공과 유한한 인생 사이의 딜레마를 다루는 해묵은 주제를 벗어나 생활에 밀착된 정경을 노래했다는 점에서 큰 의미가 있다.

中秋夜坐 其二

衰容病骨日消磨,1)

皓月孤淸夜半過.

白髮滿頭愁幾許,

貧無杯酒到嫦娥.

『죽소헌음초삼집(竹笑軒吟草三集)』

---

1) 病骨(병골): 병약하고 마른 몸. 消磨(소마): 닳아서 없어짐. 점차 없어짐.

중추절 밤에 앉아서 제2수

늙고 병든 몰골 나날이 쇠잔해지고
하얀 달 외로이 맑은데 이 밤도 반이나 지났구나
흰 머리 가득하니 수심은 얼마인가
가난하여 항아(嫦娥)에게 건넬 술 한 잔 없구나

해제　　연작시 2수 가운데 마지막 작품이다. 전반부는 늙고 병들어 가는 자신의 처지를 호소하면서도 하늘에서 외로이 저물어가는 맑은 달을 통해 시인의 정신만큼은 맑고 깨끗함을 암시했다. 후반부는 가난으로 인한 고통을 읊었다. 남편을 잃은 지 오래되어 가난하고 외로운 자신의 모습을 중추절의 달 속 항아에게 투영하였다. 동병상련(同病相憐)인 항아를 위로할 술도 없다는 마지막 구절로 작자의 가난이 극심했음을 짐작할 수 있다.

尋春1) 其一

尋春攜屐出城西,
紅紫芳姸黃鳥啼.
閑看踏青堤上女,2)
鳳鞋花底印香泥.3)

『죽소헌음초삼집(竹笑軒吟草三集)』

---

1) 尋春(심춘): 이리저리 다니며 봄 경치를 감상하다.
2) 踏青(답청): 청명절(淸明節) 전후에 교외로 놀러 나가는 풍속. 이 때문에 청명절을 답청
   절(踏青節)이라고 했다.
3) 鳳鞋(봉혜): 봉황 수가 놓인 여인의 신발. 印(인): 찍히다. 묻어나다.

봄 경치를 감상하러 다니며 제1수

봄 즐기려 나막신 들고 성 서쪽으로 나가니
울긋불긋 꽃이 곱고 꾀꼬리 울어대네
답청(踏靑) 나온 제방의 여인 한가로이 바라보니
봉황 수놓인 신발로 꽃 아래 진흙을 찍고 있네

해제　　연작시 2수 가운데 제1수이다. 청명절 즈음에 교외로 나와 바라본 풍경을 읊었다. 전형적인 봄의 정경을 읊은 듯하지만 진흙에 신발 자국을 남기며 봄을 즐기는 아가씨를 구체적으로 묘사하여 생동감을 불어 넣었다. 젊은 여인을 한가로이 바라보는 작자의 모습에서 이들에 대한 애정이 느껴진다. 시인은 이제 더 이상 젊지 않고 백발이 성성한 노인이 되었다. 그림을 그리자면 화면 중앙에는 예쁜 아가씨가 있고 한쪽 구석에는 멀리서 이를 바라보는 할머니가 있을 것이다. 견제나 질시, 혹은 한탄이 아니라 느긋한 마음과 온화한 시선으로 타인의 젊음을 바라볼 수 있는 여유가 값지게 느껴진다.

上元遣愁1) 其一

爆竹通宵賀歲新,
遊人雜踏逐芳塵.2)
貧家自是無燈火,
散步中庭月一輪.

『죽소헌음초삼집(竹笑軒吟草三集)』

대보름에 근심을 풀어 제1수

밤새도록 폭죽 터져 새해를 축하하고
유람객들 와글와글 불꽃을 좇는데
가난한 집이라 원래 등불이 없는데
마당을 거니노라니 둥근 달 하나

해제   연작시 4수 가운데 제1수이다. 대보름을 맞아 곳곳에선 등불을 켜고 폭죽을 터뜨리느라 와자지껄 한데 일가친척도 없이 혼자 남겨진 시인의 집은 썰렁하기 그지없다. 등불도, 폭죽도 없이 쓸쓸히 거니는 마당에 둥근 달만 비출 뿐이다. 혼자 사는 사람의 외로움은 명절에 더욱 절실해진다. 첩의 신분이었고 슬하에 자식도 없이 남편은 죽었으므로 늙어갈수록 더더욱 교류가 적어질 수밖에 없었다. 다른 여성시인에 비해 이인의 시는 절기에 관한 시가 많지 않은 편이다. 그것은 절기와 관련하여 특별히 기념할 만한 일이 적었기 때문일 것이다. 그나마 얼마 되지 않는 절기 관련 시에는 언제나 이 시에서와 같은 가난과 수심, 고독이 함께 했다.

午日感懷[1] 其一

雨餘草徑落梅黃,
檻外榴花照短墻.
猶憶長安端午日,
浴蘭采艾泛蒲觴.[2]

『죽소헌음초삼집(竹笑軒吟草三集)』

---

1) 午日(오일): 단오(端午).
2) 浴蘭(욕란): 향초로 목욕하다. 采艾(채애): 단오절에 쑥을 뜯어 문에 걸어 사악한 기운
   을 피하는 풍속. 泛蒲觴(범포상): 창포 술을 병에 담아 계곡의 상류에서 띄우면 하류에
   서 건져 마시는 단오절 풍속.

단오절의 감회 제1수

비 뿌린 풀길에 노란 매실 떨어지고
난간 밖 석류꽃은 낮은 담에 비치네
아직도 기억나는 장안의 단오절
향초 물 목욕하고 쑥 뜯어 걸고 창포주 띄웠었지

해제　　연작시 2수 가운데 제1수이다. 단오절을 맞아 느끼는 감회를 표현했다. 전반부는 계절적 특징을 묘사했다. 매실이 이미 떨어져 누렇게 변하고 석류꽃이 피어 계절은 이미 여름에 접어들고 있음을 알 수 있다. 후반부의 두 구절은 수도 북경에서 단오절을 맞아 행했던 풍속을 추억하고 있다. 향초 물에 목욕하고 쑥을 뜯어 걸고 창포주를 마셨다는 400년 전의 북경 모습이 궁금해진다.

守歲[1]

臘雪催年盡,

通宵爆竹鳴.

擁爐憐瘦影,

拔火聽雞聲.

何計驅窮鬼,[2]

將愁送五更.

明朝添一歲,

白髮感時生.

『죽소헌음초삼집(竹笑軒吟草三集)』

---

1) 守歲(수세): 음력 새해 하루 전날 밤을 새며 잠을 자지 않고 새해를 기다리는 풍속. 우리나라에서는 해지킴·별세(別歲)라고 한다.
2) 窮鬼(궁귀): 사람을 가난하게 만드는 귀신. 정월 초에 시문(詩文)을 지어 제사를 지내 궁귀를 쫓는데, 이를 송궁(送窮)이라 한다.

해 지킴

동짓달 오는 눈이 한 해 가길 재촉하는데
밤새도록 폭죽소리 울려대네
화로 감싸 안고 수척한 내 그림자 불쌍해하는데
불씨 뒤적이다 닭울음소리 듣고야 말았네
어떤 계책으로 가난 귀신 쫓아낼까
근심하느라 오경(五更)도 지나가네
내일 아침이면 한 살 더 먹는데
흰머리가 새해맞이 걱정에 생겨나네

해제 한 해의 마지막 밤을 보내는 감회를 적은 작품이다. 절기와 관련된 여느 작품에서와 마찬가지로 이 시에서도 시끌벅적한 이웃들을 뒤로하고 혼자 외롭고 궁핍한 시간을 보내야 하는 서글픔이 배어 있다. 밖에서는 폭죽소리가 시끄럽지만 시인이 있는 곳은 조용하다 못해 적막감이 감돈다. 화로를 감싸 안고 이 생각 저 생각 하다 보니 그대로 새벽이 되었다. 가난이라는 마귀를 어떻게 쫓아 보낼까? 걱정 속에 흰 머리만 늘어간다.

新正咏雪

貧家人事少,

清淨入年來.

柳眼窺春放,

梅苞沖雪開.

悠揚滿竹樹,¹⁾

蕭灑拂塵埃.²⁾

佇立閑搜句,

慚無咏絮才.³⁾

『죽소헌음초삼집(竹笑軒吟草三集)』

---

1) 悠揚(유양): 계속 이어져 끊이지 않다. 휘날리다.
2) 蕭灑(소쇄): 맑고 고고하여 속세를 벗어나다.
3) 咏絮才(영서재): 버들 솜을 읊은 재주. 동진(東晉)의 사도온(謝道韞)이 눈을 버들 솜에 비유하여 읊은 구절로 숙부 사안(謝安)에게 크게 칭찬을 받은 일에서 유래하여 시나 문장에 뛰어난 여인을 가리킨다.

설에 눈을 노래하여

가난한 집이라 일이 적어서
맑고 깨끗한 눈이 새해 들어 찾아왔구나
버들 순은 봄을 엿보다 터지고
매화 봉오리 눈 맞고 피어난다
휘날리며 대나무에 가득 쌓이고
산뜻하게 속세의 먼지 털어낸다
우두커니 서서 한가로이 좋은 시구 찾지만
버들 솜 읊던 사도온(謝道韞)의 재능 없음이 부끄럽다

해제　　설날 눈을 맞는 감회를 적었다. 가난과 고독에 힘겨웠지만 설을 맞아 눈이 내리자 흰 눈송이에 희망을 기탁해본다. 가난하게 사는 삶이라 사람들과의 교유도 적은 이 집에 새해를 맞아 찾아온 손님은 다른 그 누구도 아닌 흰 눈이다. 흰 눈은 버들 순에도 내리고 매화 봉우리와 대나무에도 내려와 속세의 번잡한 찌꺼기를 말끔히 씻어낸다.

午日[1]

盡向釵頭綴彩符,[2]
端陽無酒泛菖蒲.[3]
淚羅角黍投蛟窟,[4]
爲吊忠魂楚大夫.[5]

『죽소헌음초삼집(竹笑軒吟草三集)』

---

1) 午日(오일): 단오(端午).
2) 釵頭(채두): 비녀 머리. 비녀. 彩符(채부): 채색 부적. 단오 날 쑥이나 색종이로 호랑이를
   만들고 거기에 쑥을 붙여 머리에 장식하였는데 이를 통해 사악한 기운을 제거하였다.
3) 端陽(단양): 단오(端午).
4) 角黍(각서): 단오에 먹는 중국 음식. 지금의 쫑즈〔粽子〕. 삼각형 모양이고 기장을 사
   용했기 때문에 각서라고 불렀다. 蛟窟(교굴): 용궁. 여기서는 강이나 호수를 가리킨다.
5) 楚大夫(초대부): 굴원(屈原). 중국의 단오는 본래 초나라의 애국 시인 굴원을 기념하기
   위해서 시작되었다.

단오

비녀 끝에 모두 오색 부적 이었지만
단오 날 띄울 창포 술조차 없구나
울면서 쫑즈를 늘어놓고 강물에 던져서
초나라 대부 굴원(屈原)의 충혼을 애도하노라

해제　　단오 행사와 이를 맞는 감회를 묘사하였다. 이 시는 두 가지 점에서 주의할 만하다. 하나는 단오절 행사로서 비녀 끝에 오색 부적을 매달고 창포를 띄운 술을 마시며 굴원을 애도하기 위해 강물에 '쫑즈'를 던져 넣는다는 점이다. 기원전 남방 초나라의 애국 시인인 굴원을 애도하는 행사가 청나라에 이르기까지 면면히 이어지고 있음을 알게 해주는 대목이다. 또 하나는 시인이 명나라의 사람으로서 일종의 정신적 부채감을 가지고 있었다는 점이다. 여기에는 명나라의 멸망과 함께 충격을 이기지 못하고 사망한 남편에 대한 애도의 마음이 함께 담겨있다고 볼 수 있다.

旅懷

節序催鄕思,
愁看社燕歸.[1]
春風誰是主,
千里共徘徊.

『죽소헌음초(竹笑軒吟草)』

---

1) 社燕(사연): 제비. 제비가 춘사(春社) 때 와서 추사(秋社) 때 돌아가므로 사연이라 불렀다.

나그네 회포

계절이 고향 생각 부추겨
돌아가는 제비를 근심 속에 바라본다
봄바람은 누가 주관하기에
천리를 함께 배회하는가

해제　　　남편 갈징기(葛徵奇)의 관직 때문에 고향 항주(杭州)를 떠나 북경(北京)으로 오면서 느낀 객수(客愁)를 읊었다. 전반부는 계절의 변화와 고향에 대한 그리움을, 후반부는 때마침 불어오는 봄바람에 대한 감회를 말하였다. 고향에서 이곳까지 따라와 준 봄바람이기에 반갑고 고맙다. 그러나 잠시 곁에 머물다 흩어져 버릴 봄바람이기에 또한 서운하고 애틋하다. 복잡한 나그네의 심정이 봄바람에 투영되어 있다.

東河道中1)

野徑垂陰暑氣景,
芄芄禾黍日登場.2)
山村社酒歌聲裏,3)
牧笛休吹客路長.

『죽소헌음초(竹笑軒吟草)』

---

1) 東河(동하): 산동성(山東省) 동하현(東河縣).
2) 芄芄(환환): 생기왕성한 모양. 登場(등장): 여문 곡식을 수확하여 마당에 옮겨 놓고 말리다.
3) 社酒(사주): 춘사(春社)와 추사(秋社) 때 마시는 술. 봄과 가을에 땅의 신에게 지내는 제사를 각각 춘사, 추사라 했는데, 이날은 술을 마시며 기뻐하고 축하했다고 한다.

동하 길에서

들길에 그늘지고 더운 기운 있을 때
싱싱한 벼와 기장 날마다 마당에서 말린다
노래 소리 속에 산촌의 제사 술 마시는데
목동이여 갈 길 멀다는 그 노래는 부르지 말라

해제　　동하(東河) 지역을 지나며 본 경관과 감회를 읊었다. 전반부는 햇살 좋은 가을날 수확한 곡식을 말리고 있는 풍경을, 후반부는 산촌에서 제삿술 얻어 마시며 아직도 먼 길을 가야하는 자신의 처지를 노래했다. 곡식을 말리고 제사를 지내는 산촌의 모습이 정겹지만 여정이 아직 많이 남아 있기에 심란해지는 작자의 마음이 마지막 구에 묻어나 있다.

舟發漷縣道中同家祿勛咏¹⁾ 其一

登舟才五日,
百緒棹聲中.
斷岸人煙絶,
荒碑僧寺空.
水連千磧白,
漁逗一燈紅.
歸夢殘難續,
蕭蕭泣路窮.

『죽소헌음초(竹笑軒吟草)』

---

1) 漷縣(곽현): 북경(北京) 통주(通州) 동남쪽에 있는 현 이름. 이 시는 연작시 8수로 모두
중(中), 공(空), 홍(紅), 궁(窮)을 운자(韻字)로 사용하였다.

배로 곽현(漷縣)에서 떠나는 길에 남편과 함께 읊다 제1수

배에 오른 지 겨우 닷새

뱃노래 속의 온갖 시름

절벽에 인가의 연기 사라지고

황폐한 비석뿐 절은 텅 비었네

물과 맞닿은 자갈밭 천리에 하얗고

어선(漁船)에 켜있는 등불 하나 붉게 빛나네

고향의 꿈 깨어나 이어지기 힘들어

쓸쓸하니 길 끝에서 울고 있네

해제　　연작시 8수 가운데 제1수이다. 작자가 남편 갈징기와 북경 생활을 정리하고 고향으로 돌아가는 배에서 쓴 작품으로, 선상에서 본 주변 경관과 정회를 읊었다. 앞 두 구는 고향으로 돌아가는 심정이 설레고 즐겁지만은 않음을 노래했다. 가운데 네 구는 인적 없는 황폐한 주변과 강변의 밤 풍경을 묘사했다. 마지막 두 구는 근심 걱정으로 잠 못 이루며 눈물 흘리고 있음을 말하였다. 황폐한 주변 경관으로 당시의 시국이 매우 불안했음을 드러냈고 캄캄한 밤의 묘사는 작자의 암울한 심정을 암시하고 있다.

舟次獨流苦雨仍前韻[1] 其二

樹暗野煙碧,

蒼茫嵐氣蒸.[2]

農歸乞鄰火,

僧定掛禪燈.

風急行人亂,[3]

溪流新水澄.

孤蓬一夜雨,

滴滴客愁增.

『죽소헌음초(竹笑軒吟草)』

---

1) 次(차): 정박하다. 獨流(독류): 독류구(獨流口). 지금의 천진시(天津市) 정해현(靜海縣) 북쪽에 있다. 前韻(전운): 앞 시의 운자를 따르다. 앞 시는 「여름날 양촌에 정박하여 남편과 함께 읊다(夏日舟次楊村同家祿助咏)」 연작시 2수로 증(蒸), 등(燈), 징(澄), 증(增)을 운자로 사용했는데, 이 운자를 이 작품에서도 그대로 사용하고 있다.
2) 蒼茫(창망): 넓고 멀어서 푸르고 아득한 모양. 嵐氣(남기): 이내. 산 속에 생기는 아지랑이 같은 기운.
3) 亂(난): 어지럽다. 비바람이 거세지자 행인들이 발걸음을 분주하게 옮기는 모습을 형용한다.

독류의 궂은비에 배를 정박하고 앞의 운을 따라서 제2수

숲은 어둑하고 들판 안개 푸른데
아득히 푸른 이내 증발하네
농부 돌아와 이웃에게 불을 빌리고
스님은 선정(禪定) 들며 절의 등불을 건다네
바람 급히 부니 행인의 발걸음 어지럽고
시냇물 흘러 새로 불어난 물이 맑네
외로운 배에 밤새도록 비 내리니
방울방울 나그네 수심 늘어만 가네

해제　　　연작시 2수 가운데 제2수이다. 제1, 2구는 안개 자욱한 독류구 주변을, 제3, 4구는 날이 저물어 어둑한 인가에 하나 둘씩 불이 켜지는 모습을 묘사했다. 제5, 6구는 갑자기 거세지는 비바람에 행인의 움직임이 바빠지고 물도 불어남을, 마지막 두 구에서는 거친 폭우 속에 심란해지는 작자의 마음을 드러냈다. 빗방울이 '방울방울' 떨어질 때마다 나그네의 수심이 늘어난다고 표현한 마지막 구에서 시인의 섬세한 감성을 엿볼 수 있다.

癸未喜歸蕪園[1] 其一

遠宦經年別,

園亭異昔時.

老藤籠月上,

古樹接天垂.[2]

掃徑迷蒿草,

編籬繞竹枝.

獨憐猿鶴在,[3]

猶笑賦歸遲.

『죽소헌음초(竹笑軒吟草)』

---

1) 癸未(계미): 숭정(崇禎) 16년. 1643년. 蕪園(무원): 절강성(浙江省) 해녕(海寧)에 있는 남편 갈징기(葛徵奇)의 고향집. 갈징기는 자신의 시집 제목을 『무원(蕪園)』이라고 하였는데 이는 도연명(陶淵明)의 「귀거래혜사(歸去來兮辭)」의 첫 구절 "돌아가자 논밭이 장차 황폐해지거늘 어찌 돌아가지 않으리오(歸去來兮, 田園將蕪胡不歸)"에서 유래한 듯하다.
2) 天垂(천수): 하늘의 끝. 천제(天際).
3) 猿鶴(원학): 원숭이와 학. 고향 동산에 여전히 남아있는 동물을 가리킨다.

계미년에 기쁘게 무원(蕪園)으로 돌아오다 제1수

멀리 벼슬 나가 몇 년이나 떠나있으니
동산과 정자가 예전과는 다르구나
늙은 등나무 달 위까지 감쌀 듯
오래된 나무 저 하늘에 닿을 듯
쑥과 잡초로 사라진 길을 쓸고
대나무로 두른 울타리를 엮는다
유난히 좋아라, 원숭이와 학이 남아 있어
늦게 돌아와 읊는 나를 여전히 웃어주는 그 모습

해제　　작자는 북경의 곽현(潯縣)을 떠나, 천진(天津)의 양촌(楊村), 독류(獨流), 하북(河北)의 백초만(百草灣)을 지나 하북과 산동(山東) 사이에 있는 도구역(渡口驛), 산동의 안산(安山), 개하(開河), 가하(迦河)를 거쳐 1643년 계미년에 마침내 남편의 고향집 무원이 있는 절강성(浙江省) 해녕(海寧)에 도착한 것으로 추정된다. 이 연작시 6수는 북경을 떠나 고향으로 돌아오는 긴 여정을 마무리하며 쓴 것으로, 그 가운데 제1수이다. 전반부는 관직 때문에 오래도록 비워두어 무성하게 변한 무원의 모습을, 후반부는 이를 정돈하고 수리하며 느끼는 환향(還鄕)의 기쁨을 읊었다.

鶩嶺山莊尋秋[1] 其一

十丈懸崖挂薜蘿,[2]

參雲峰頂見嵯峨.[3]

閑搜怪石秋林晚,

獨聽殘鐘曉月過.

黃葉山前人迹少,

白楡天際鳥聲多.

冷泉亭下潺溪水,[4]

不許漁舟唱棹歌.

『죽소헌음초속집(竹笑軒吟草續集)』

---

1) 鶩嶺(취령): 항주(杭州) 영은사(靈隱寺) 앞 비래봉(飛來峰). 비래봉은 영취(靈鷲)라고도 불리므로 취령이라 한 것이다.
2) 薜蘿(벽라): 벽려(薜荔)와 여라(女蘿). 야생 넝쿨의 이름.
3) 參雲(참운): 구름을 늘어놓다. 구름과 함께 있다. 여기서는 구름 낀 산봉우리를 가리킨다. 嵯峨(차아): 산이 높고 가파른 모양.
4) 冷泉亭(냉천정): 항주(杭州) 영은산(靈隱山) 영은사(靈隱寺) 부근에 있는 정자 이름.

취령산장에서 가을 풍경을 감상하며 제1수

열 길 낭떠러지에 벽라 걸려 있고
구름 낀 산봉우리 삐죽삐죽해 보인다
괴석을 한가로이 찾는 동안 가을 숲 저물고
다하는 종소리 홀로 듣는 사이 새벽달 져간다
낙엽 지는 이 산속에 인적은 드문데
느릅나무 맞닿은 하늘가에 새소리 시끄럽다
냉천정 아래 졸졸거리는 계곡물이
고깃배의 뱃노래는 허락하지 않는구나

해제　　연작시 4수 가운데 제1수이다. 당시 이인은 남편과 함께 명이 멸망하기 1년 전 더 이상 국가에 전도(前途)가 없음을 알고 남편의 고향인 절강성(浙江省) 해녕(海寧)에 내려와 살고 있었다. 이 작품은 남편의 고향에 내려온 뒤 가을을 맞아 이인의 고향이며 당시의 명승지이기도 했던 항주(杭州)의 취령(鷲嶺)을 유람하며 쓴 작품이다. 전반부는 절벽에 매달린 '벽라', '괴석', '새벽 달' 등의 이미지를 통해 차갑고 고요한 가을 풍경을 묘사하고 있으며 후반부에서는 인적이 드문 곳에 새 울음소리만 들려, 어부의 뱃노래조차 허용되지 않을 듯한 고요함을 표현했다. 화가였던 시인의 섬세한 필치가 돋보이는 작품이다.

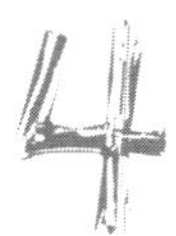

눈물로 쓴 시는 저승에 부치지 못 하네

아무리 잊으려고 해도 생각난다. 그래서 불렀던 애도의 노래. 거친 음식 먹고 흰옷 꿰매는 고단한 일상을 통해 그녀는 조금씩 삶으로 돌아오고 있었다.

寒食憶介龕有感[1]

鼍上荒煙四野垂,

瀟瀟風雨斷腸時.

杜鵑血染千家淚,

楊柳愁含萬縷絲.

參得身心俱是幻,[2]

悟空色相不須悲.

今將光祿前朝酒,[3]

漫爲君歌寒食詩.

『죽소헌음초속집(竹笑軒吟草續集)』

---

1) 介龕(개감): 작가의 남편 갈징기(葛徵奇, ?~1645)의 호.
2) 身心(신심): 육체와 정신.
3) 光祿(광록): 명나라 때 궁중의 음식과 제례를 주관했던 광록시(光祿寺)를 말함. 작자의 남편 갈징기(葛徵奇)가 광록시소경(光祿寺少卿)을 지냈으므로 여기서는 남편을 가리킨다.

한식날 남편을 추억하다가 감회에 젖어

언덕 위 황량한 연기 사방 들녘에 드리우고
부슬부슬 비바람에 애가 끊어질 때
두견새 피에 물들어 온 세상이 눈물짓고
버들은 근심 머금어 천만가닥일세
참선하여 육체와 정신이 모두 허상임을 알았고
삼라만상 헛됨을 깨달으니 슬퍼할 필요 없다네
이제 광록시(光祿寺)였던 남편의 명나라 술 가져다가
멋대로 그대 위해 한식시를 부르네

해제　　　남편의 죽음을 애도하는 첫 번째 작품이다. 남편이 죽은 정확한 시점은 알 수 없으나 명나라 멸망 이후 충격을 이기지 못하고 죽었다는 기록으로 볼 때 명나라가 멸망한 1644년으로 추정되며, 따라서 이 시는 그 다음해인 1645년 한식(寒食)에 지은 것으로 보인다. 한식을 맞으며 죽은 남편을 애도하는 애끓는 심정을 표현했다. 시의 전반부에서는 황량한 연기와 비바람, 두견새 울음과 버들 빛을 통해 절기와 더불어 비애감을 전달하고 있으며 후반부에서는 몸과 마음이 모두 허상이니 굳이 슬퍼할 필요가 없다고 하면서 불교의 이치를 빌어 슬픔을 극복하고자 하였다. 또한 마지막 구절에서는 남편의 벼슬과 명나라를 함께 언급함으로써 남편을 훌륭한 관리로 높이 기리고자 했다.

七夕憶家祿勛 其一

何獨人間怨別離,

支機石畔舊相思.[1]

愁深有淚成河漢,

腸斷無心乞巧絲.[2]

昔日曾臨月下語,

今朝徒向墓前悲.

低聲重爲來生禱,

莫似天孫七夕期.[3]

『죽소헌음초속집(竹笑軒吟草續集)』

---

1) 支機石(지기석): 천상의 직녀가 베틀을 지탱하는 데 사용한 돌. 『태평어람(太平御覽)』
에 의하면 한대(漢代) 장건(張騫)이 뗏목을 타고 은하수에 이르렀을 때 직녀가 그에게
지기석을 주었다고 한다.
2) 乞巧(걸교): 칠석날 직녀에게 여인들이 바느질 솜씨를 구하던 풍속.
3) 天孫(천손): 직녀성(織女星). 여기서는 직녀를 가리킨다.

칠석에 남편을 생각하며 제1수

어찌 인간만 이별을 원망한다던가
직녀 베틀 옆에도 오래된 그리움
그 수심 깊어서 눈물이 은하수 됐다지만
애 끊어져 바느질 솜씨 빌 마음도 없구나
지난날 일찍이 달빛 아래 속삭였지만
오늘 아침 헛되이 무덤 앞에서 슬퍼하네
낮은 소리로 거듭 내세를 위해 기도하나니
직녀처럼 칠석날만 기약하진 않으리라

해제　　연작시 2수 가운데 제1수이다. 이 시는 앞의 '한식'시에 이어 '칠석'을 맞아 느끼게 되는 애도의 감정을 표현했다. 전반부에서는 죽은 남편에 대한 그리움 때문에 칠석을 맞아 보통의 여인들처럼 바느질 솜씨를 좋게 해달라고 기원할 마음도 생기지 않는 처량한 심사를 노래했다. 후반부에서는 이제는 생사를 달리해 달빛 아래서 속삭이지 못하고 무덤가에서 탄식해야만 하는 현실을 슬퍼하면서 내세에 다시 만난다면 직녀와 같이 칠석날만 기약하지는 않으리라 다짐하였다. 죽은 남편에 대한 한없는 그리움이 절절하게 드러나 있다.

悼亡詩哭介龕 其二

長安市上欲埋輪,¹⁾

此日銅駝遍棘榛.²⁾

只有丹心徒涕泣,

恨無圖史記賢臣.³⁾

『죽소헌음초속집(竹笑軒吟草續集)』

---

1) 埋輪(매륜): 바퀴를 땅에 묻다. 『손자(孫子)·구지(九地)』에 "이런 까닭으로 말을 매어
   두고 바퀴를 묻어도 아직 믿을 만하지 못합니다(是故方馬埋輪, 未足恃也)"라고 하였다.
   수레바퀴를 땅에 묻어 굳세게 지키려는 의지를 표명한다는 의미이다.
2) 銅駝(동타): 청동으로 만든 낙타. 동한(東漢)의 수도 낙양(洛陽)의 궁문 밖에 세운 것으
   로 태평성대의 상징이었다. 나중에는 흥망성쇠를 비유하게 되었다. 棘榛(극진): 가시덤
   불. 형극(荊棘)과 같다.
3) 圖史(도사): 도서(圖書)와 역사 서적.

남편을 애도하며 제2수

장안 거리에 바퀴 묻어 지키고자 했건만
오늘 청동 낙타에는 가시덤불만 무성하구나
충성심만 남아있어 헛되이 눈물 흘리는데
청사(靑史)에 현명한 신하 기록할 길 없어 한스럽다

해제　　　연작시 48수 중 제2수이다. 남편의 충혼을 기리며 이와 함께 망국의
아픔을 호소했다. '바퀴를 묻다', '청동 낙타', '가시덤불'과 같은 어휘 선택으로
시에 무겁고 침통한 느낌을 더하였다. 전체 연작시의 도입부에 해당되기 때문에
망국의 슬픔을 견디지 못해 죽은 남편의 슬픔을 읊는 데 무게 중심을 두었다.

悼亡詩哭介龜 　其五

黃齏菜飯布衣裳,1)
單被風寒凍欲僵.
夢裏若逢泉下使,2)
問君可念妾凄涼.

『죽소헌음초속집(竹笑軒吟草續集)』

---

1) 黃齏菜飯(황제채반): 짠지와 나물밥.
2) 泉下(천하): 황천(黃泉)의 아래. 사람이 죽은 뒤에 묻히는 곳을 가리킨다.

남편을 애도하며 제5수

짠지와 나물밥 먹고 베옷 입었더니
홑이불에 바람 차가워 꽁꽁 얼어붙을 듯
꿈속에서 만약 저승사자 만난다면
그대가 서글픈 제 처지 생각하시나 묻고파요

해제　　연작시 48수 가운데 제5수이다. 자신의 가난한 생활과 죽은 남편에 대한 그리움을 호소하고 있다. '짠지와 나물밥', '홑옷', '얼어붙을 듯'과 같이 가난한 생활의 일상적 소재를 시에 등장시켜 현실감을 높였으며 시의 후반부에서는 자신의 그리움을 말하지 않고 죽은 남편이 나를 잊지 않고 기억하는지 알고 싶다고 말하여 더욱 처연한 느낌이 든다.

悼亡詩哭介龕 其十七

芭蕉石畔野花香,
一榻清風拂簟涼.
只有愁多偏入夢,
午窓消得睡初長.[1]

『죽소헌음초속집(竹笑軒吟草續集)』

---

1) 消得(소득): ~할 만하다. 감당할 수 있다.

남편을 애도하며 제17수

파초 심은 바위 가에 들꽃이 향기롭고
평상에 맑은 바람 불어와 자리가 시원하다
근심 많아 오직 꿈만 꾸게 되나니
한낮의 창가는 긴 잠에 빠질 만하다

해제　　연작시 48수 가운데 제17수이다. 이 작품은 시에 애도의 내용이 등
장하지 않아 한 작품만 따로 떼어놓고 본다면 애도시라는 점을 알기 어렵다. 그
러나 이인 자신이 말했듯이 산 사람은 어떻게든 홑옷과 절인 채소에라도 의지
해서 삶을 연명해나갈 수밖에 없다. 이 시는 애도의 와중에 견디기 힘들었던 슬
픔을 어느 정도 추스른 상황에서 쓰인 것으로 보인다. 극도의 슬픔에서 벗어나
자 바위가 들꽃도 향기롭고 평상에 부는 바람도 시원하게 느껴지는 것이다.

悼亡詩哭介龕 其十九

榴花噴火髮添絲,[1)]
滿泛蒲觴泣楚辭.[2)]
若向夢中同再話,
共君莫憶去年時.

『죽소헌음초속집(竹笑軒吟草續集)』

---

1) 榴花噴火(유화분화): 석류꽃이 불빛을 내뿜다. 송대(宋代) 동사고(董嗣杲)의 「서흥도중이수(西興道中二首)」에 "첫 여정은 바로 소산현, 불빛 뿜는 석류꽃이 양쪽 언덕에 환하네(初程便是蕭山縣, 噴火榴花兩岸明)"라는 구절이 있다.

2) 蒲觴(포상): 부들과 창포를 잘라 술잔에 띄운 술. 벽사(辟邪)의 효과가 있다 하여 단오절에 마신다. 楚辭(초사): 초사(楚辭) 가운데 죽은 이를 애도하는 초혼가(招魂歌)가 있다.

남편을 애도하며 제19수

석류꽃 불 뿜는데 흰 머리는 늘어나고
부들 가득 띄운 술잔 들고 초가(楚歌) 부르며 우노라
꿈속에서 다시 함께 말할 수만 있다면
그대와 함께 지난날만 추억하진 않으리라

해제　　연작시 48수 가운데 제19수이다. 이 시에는 늙어버린 자신의 자화상과 일상생활 및 남편에 대한 변함없는 그리움이 담겨있다. 전반부에서 시인은 붉은 석류꽃과 자신의 흰 머리를 대조하여 어느새 늙어버린 자신을 강조하였다. 또한 술잔을 들고 초사를 노래한다는 표현을 통해 문인으로서의 면모를 부각시켰다. 후반부에서는 꿈속에서 다시 만난다면 지난날만 추억하지는 않으리라 다짐하고 있는데 이는 남편과 새로운 사랑을 쌓아가겠다는 적극적 의지의 표현으로 보인다. 불가능한 상상으로 인해 시인의 애절함이 더욱 부각되고 있다.

悼亡詩哭介壽　其三十六

小舟來往荻蘆中,
野水荷花寂寞紅.
此際共君何處去,
綠楊堤畔月如弓.

『죽소헌음초속집(竹笑軒吟草續集)』

남편을 애도하며 제36수

작은 배로 갈대숲 사이를 오가자니
들녘 강물의 연꽃 적막 속에 붉구나
지금 그대와 함께 어디로 갈까요
버들 푸른 제방에 달은 활 같은데

해제 연작시 48수 가운데 제36수이다. 아름다운 가을 경치를 대하고 생전에 남편과 함께 노닐던 기억을 떠올리며 다시 한 번 좋은 경치를 함께 하고픈 심정을 시에 담았다. 조용하고 쓸쓸한 물가의 풍경은 불현듯 남편이 살아있는 듯한 착각을 불러일으킨다. 상상 속에서 남편은 먼 언저리에 서있다. 아름다운 풍경에 한껏 취한 그녀는 어디로든 떠나고 싶어졌다. 그러나 상상은 상상일 뿐 이 세상에 그녀가 남편과 함께 갈 수 있는 곳은 어디에도 없다. 한껏 달아오른 상상에서 끝을 맺는 이 시의 슬픔은 시가 끝나도 오랜 여운을 남기며 지속된다.

悼亡詩哭介龕 其三十七

林外秋聲黃葉飛,

廚頭冷落爨煙微.[1]

堆盤蔬食惟葵藿,[2]

窗下閑縫白布衣.

『죽소헌음초속집(竹笑軒吟草續集)』

---

1) 爨煙(찬연): 밥 짓느라 불 때는 연기.
2) 蔬食(소사): 채소반찬과 밥. 변변치 못한 음식을 가리킨다.

남편을 애도하며 제37수

숲 너머 가을 소리 낙엽이 날리는가
부엌 차가우니 밥 짓는 연기 희미하다
쟁반에 담긴 거친 음식은 아욱과 콩잎 뿐
창가에서 한가로이 흰 베옷을 꿰맨다

해제　　　연작시 48수 가운데 제37수이다. 이 시 역시 단독으로 떼어놓고 본다면 도망시보다는 가난한 여인의 일상을 읊은 시로 여겨질 만큼 시의 내용이 죽은 사람이나 죽은 사람을 그리는 심정보다는 궁핍한 현실에 초점이 놓여있다. 남성 시인의 붓 아래서 남편을 잃은 궁핍한 여인은 통상 눈물 흘리는 모습이 애처롭고 아름답게 그려진다. 여인은 좀 더 아름답게 포장될 것이고 맛있는 음식도 먹지 못할 만큼 수심에 젖을 것이며 비단 창가에서 수놓인 옷을 매만지고 있을 것이다. 그런데 작가의 자화상은 이러한 통념을 깨고 지극히 현실적인 일상을 그대로 드러낸다. 남편이 죽고 난 후 혼자 생계를 해결해야 하는 시인의 현실은 싸늘한 부엌, 거친 음식과 흰 옷 사이에 있었다. 어쩌면 시인은 이러한 현실을 직시하면서 슬픔에서 조금씩 벗어나 살아갈 힘을 얻고 있었는지도 모른다.

烽火危城, 身驚風鶴, 借居北郊李氏莊, 見有介龕遺畫兼題
絶句, 爲乙亥年所作, 今十載矣, 不禁凄然, 以淚和墨依韻
六絶1) 其一

展軸煙消墨氣幽,
十年塵迹舊山丘.
何方更乞君遺筆,
增箇扁舟載妄遊.

『죽소헌음초속집(竹笑軒吟草續集)』

---

1) 風鶴(풍학): 전쟁이 났다는 소식. 乙亥(을해): 숭정(崇禎) 8년 1635년.

성이 위태롭다는 봉화가 전하자 나는 전란 소식에 놀라 북쪽 교외 이씨네 집을 빌려 살다가 남편이 남긴 그림과 거기에 쓴 절구를 보게 되었다. 을해년(1635) 작품으로 이제 10년이 지났으니 슬픔을 견디지 못하고 눈물 섞인 먹물로 그 운자(韻字)를 따라 절구 6수를 짓노라 제1수

두루마리 펼치니 연기 사라지며 묵향 그윽한데
10년 묵은 먼지 흔적 그 옛날의 산과 언덕
무슨 수로 그대가 남긴 붓 다시 구해서
쪽배 하나 그려 넣어 저를 싣고 노닐자 할까요

해제　작자가 제목에서 말한 을해년은 1635년이고 여기에 10년을 더하면 1645년이 된다. 이 시 역시 48수의 연작으로 이루어진 도망시와 비슷한 시기에 지어진 것으로 보인다. 남편을 떠나보낸 상처가 채 마르기도 전에 우연히 남편이 남긴 그림과 시를 보고 생전 모습을 떠올리며 어쩔 수 없이 눈물을 흘리게 되는 상황을 묘사하였다. 그림 속 화면을 보면서 함께 배를 띄워 노니는 연상이 더없이 애처롭다.

憶昔扶櫬歸來有感 其三

一望無長物,¹⁾

頹垣瓦礫餘.

飽鷹沖碧漢,²⁾

饑鼠奔空廚.

童僕掉頭去,³⁾

園亭異姓居.

舊時黃犬在,

爲我守蓬廬.

『죽소헌음초속집(竹笑軒吟草續集)』

---

1) 長物(장물): 좋은 물건.
2) 沖(충): 곧장 하늘로 날아오르다. 碧漢(벽한): 푸른 하늘.
3) 掉頭(도두): 뒤도 돌아보지 않다. 여기서는 사람들이 매정하게 떠나갔음을 가리킨다.

관을 매고 돌아온 지난 일을 회상하다 느낀 감회 제3수

죽 둘러보니 좋은 물건 없고
무너진 담에 기와조각 남았었지
배부른 매 푸른 하늘로 솟구쳤고
굶주린 쥐 빈 주방을 내달렸지
노복들은 뒤도 돌아보지 않고 떠나갔고
정원의 정자에는 다른 성씨들이 살게 되었지
예전의 누렁이만 남아 있어
나를 위해 초라한 집을 지켜주었지

해제　　　연작시 3수 가운데 마지막 작품이다. 남편의 관을 매고 고향으로 돌아왔을 당시의 참담한 상황을 노래하였다. 앞 네 구는 당시의 참담했던 집안 상황을 하나하나 사실적으로 묘사했으며 뒤 네 구는 매몰차게 변한 인정을 노래하였다. 사람들은 하나 둘씩 떠나가고 말 못하는 짐승만 지키고 있는 모습을 통해 남편을 잃은 작자의 외롭고 막막한 처지를 암시하였다.

掃墓[1]

掃墓自年年,
愁增風雨天.
詩成含淚寫,
寄不到重泉.

『죽소헌음초속삼집(竹笑軒吟草三集)』

---

1) 掃墓(소묘): 성묘하다.

성묘

성묘하며 한해 또 한해
비바람 부는 날씨라 수심 더해간다
시 다 되자 그렁거리던 눈물 쏟아지니
저승으로 부치지 못해서라

해제　　　남편의 묘지를 다녀온 후의 슬픔을 읊었다. 전반부는 남편의 무덤을 돌보며 지내는데 비바람 부는 날씨가 더욱 수심을 부추기고 있음을 말하였고, 후반부는 그리움에 시를 써도 보낼 수 없기에 슬픔이 배가됨을 노래하였다. 눈물을 참아가며 그리움의 시를 완성했는데 이를 전하지 못하는 현실에 왈칵 눈물을 쏟아내는 작자의 모습을 섬세히 묘사하였다.

吊梅 其一

樹老凋零不問年,
漸看枯盡自矜憐.
朱弦愁理梅花曲,[1]
紙帳香消支枕眠.[2]

『죽소헌음초삼집(竹笑軒吟草三集)』

---

1) 朱弦(주현): 숙사(熟絲)로 만든 거문고 줄. 현악기를 가리킨다. 梅花曲(매화곡): 한(漢) 나라 악부(樂府) 횡취곡(橫吹曲)인 「매화락(梅花落)」.
2) 紙帳(지장): 종이로 만든 장막.

매화를 애도하여 제1수

해묵은 매화나무 시들어도 나이 묻지 않는데
말라가는 모습 보다보니 절로 가여워라
거문고로 근심 속에 매화락(梅花樂)을 타다가
종이 장막에 향 다하면 팔 베고 자지요

해제 연작시 10수 가운데 제1수이다. 매화에 관한 시이지만 애도라는 주제를 가지고 있으므로 애도시로 분류하였다. 시인이자 화가였기 때문에 시인의 꽃에 대한 사랑은 남달랐고 특히 매화는 전통적으로 절개의 상징이었기 때문에 시인에게도 특별한 의미가 있었던 듯하다. 시에 등장하는 매화는 대개 채 꽃망울을 터뜨리기 전, 봄소식을 전해주는 매개체가 된다. 그런데 이 시는 이미 지고 난 매화를 그 대상으로 하고 있다. 시들어가는 매화는 시인 자신의 자화상으로 비춰진다. 마지막 구에서 향마저 사그라들고 난 장막 안에서 팔을 베고 잠을 청하는 시인의 모습은 슬픔을 딛고 일어선 달관을 보여준다.

 # 봄빛을 모아 벼루 연못에 들이고서

봄이 있을 때도 봄을 그리고, 지나간 봄이 아쉬울 때도 봄을 그렸다. 달빛 아래 매화가 보고 싶어 창가에 매화를 그려 넣었다. 여름날 매화를 추억하자 붓 아래 바람이 일어 손가락이 서늘하다.

雨湖 其一

翠嶂千尋古徑閑,¹⁾
亂林杳靄見禪關.²⁾
憑君攜得襄陽筆,³⁾
一抹溪雲萬疊山.

『죽소헌음초(竹笑軒吟草)』

---

1) 千尋(천심): 일심(一尋)은 팔척(八尺)으로 천심(千尋)은 지극히 높고 긴 것을 형용한다.
2) 杳靄(묘애): 운무(雲霧)가 자욱하게 낀 모양을 형용한다. 禪關(선관): 선사(禪寺). 사찰.
3) 君(군): 작자의 남편 갈징기(葛徵奇). 갈징기도 그림을 잘 그렸는데 산수화에 뛰어났다
   고 한다. 襄陽(양양): 송대(宋代) 유명한 화가 미불(米芾, 1051~1107). 처음 이름은 불
   (黻), 자(字)는 원장(元章), 호(號)는 해악외사(海嶽外史), 양양온사(襄陽溫士), 자호(自
   號)는 녹문거사(鹿門居士)이다. 지금의 호북성(湖北省) 양양(襄陽) 사람이라서 미양양
   (米襄陽)이라 불렸다.

비오는 호수 제1수

천 길 푸른 산에 옛 길은 한적한데
운무 자욱한 숲속에 사찰이 보이네
당신 도움으로 미불(米芾)의 붓을 가지고
첩첩 산의 시내와 구름 단숨에 그려내네

해제　　연작시 2수 가운데 제1수이다. 전반부는 비오는 호수 주변, 산 속에 보이는 사찰을 노래했다. 후반부는 이 아름다운 경관을 직접 그리고 싶은 심정을 드러냈다. 미불은 송대(宋代) 유명한 화가로 강남(江南)의 안개 자욱한 자연 풍광을 묘사하기 위해 미점법(米點法)이라는 독자적인 점묘법(點描法)을 창시했다. 지금 눈앞의 풍광을 그리기엔 미불의 화법(畵法)이 제격인 듯하여 그의 화법으로 아름다운 경관을 화폭에 담고자 하였다. 비 오는 호수 주변의 아름다운 자연을 멋지게 그려내고 싶은 화가로서의 면모가 잘 드러나는 작품이다.

題雪蕉圖

空林寂寂鳥聲寒,[1]

才見梅花臘又殘.

閑向窗前和粉墨.

芭蕉寫就雪中看.

『죽소헌음초삼집(竹笑軒吟草三集)』

---

1) 寒(한): 여기서는 소리가 처량함을 가리킨다.

눈 속의 파초 그림에 쓰다

빈 숲 적적하고 새소리 처량한데
매화 겨우 보이더니 섣달도 다해가네
창가에서 한가하게 흰 가루와 먹물을 섞어
눈 속에 보이는 파초를 그려내었네

해제　자신이 그린 파초 그림을 노래하였다. 앞 두 구는 매화와 함께 섣달이 끝나가는 정경을, 뒤 두 구는 물감을 섞어 눈 덮인 파초를 그려내었음을 말하였다. 이제 겨우 매화가 선을 보일 무렵 작자는 사철 푸른 파초를 노래한다. 지금은 비록 파초의 계절이 아니지만 눈 덮인 파초의 모습을 통해 춥고 외로운 겨울을 꿋꿋이 견뎌내고 새봄을 맞으려는 작자의 강인한 정신이 드러나 있다.

題山水畫 其二

閑攜書畵米家船,[1]

斗笠漁蓑獨往還.[2]

自是一生生計了,

丹靑堪作杖頭錢.[3]

『죽소헌음초삼집(竹笑軒吟草三集)』

---

1) 米家船(미가선): 북송(北宋)의 화가 미불(米芾)이 탄 배. 그는 장강(長江)을 따라 노닐면서 그 풍경을 보고 그리는 것을 좋아하였다. 그런데 강남(江南) 기후가 습하였으므로 배를 정박할 때마다 자신의 서화 작품을 뱃머리에 걸어 말리거나 전시하였는데, '미가선(米家船)'은 이처럼 글과 그림을 내걸은 작자 자신의 배를 가리킨다.
2) 斗笠(두립): 테두리가 넓고 길어서 햇빛이나 비를 가릴 수 있는 모자 모양의 도구.
3) 丹靑(단청): 붉은색과 푸른색의 물감. 여기서는 그림을 가리킨다. 杖頭錢(장두전): 지팡이 손잡이에 걸어둔 돈.『세설신어(世說新語)·임탄(任誕)』에 "완수(阮修)는 항상 걸어 다닐 때 백 전의 돈을 지팡이 손잡이에 걸어두었다가 술집에 이르면 술을 홀로 거나하게 마시고 당시의 고귀한 이에게는 나아가려 하지 않았다(阮宣子常步行, 以百錢挂杖頭, 至酒店, 便獨酣暢, 雖當世貴盛不肯詣也)" 라는 구절로 인해 술을 사먹는 돈을 가리키게 되었다.

산수화에 쓰다 제2수

미불(米芾)의 배처럼 한가하게 서화를 내걸고
삿갓 쓰고 도롱이한 채 홀로 오간다
이로부터 평생 생계를 만들어놨으니
그림으로 술 살 돈까지 마련할 수 있구나

해제　　연작시 2수 가운데 마지막 작품이다. 북송(北宋)의 유명한 화가 미불(米芾)에게 자신의 처지를 비유한 작품이다. 앞 두 구는 뱃머리에 글과 그림을 내건 채 돌아옴을 표현하였고 뒤 두 구는 그림으로 생계수단을 삼았음을 말하였다. 미불은 중국 문인화(文人畵)의 계보에 큰 족적을 남겼는데 작자가 그의 화풍(畵風)뿐만 아니라 한곳에 매이지 않고 자유를 추구하는 삶의 태도 또한 따르고 있음을 추정해볼 수 있다. 이인의 후반생에서 배는 생활의 중요한 부분이 되었다. 그녀는 시인이고 화가이기 이전에 어부이기도 했으니 배를 타고 강으로 나가 낚시를 하다가 좋은 풍경을 만나면 시와 그림으로 옮기고 그 그림을 생계수단으로 팔기도 했다. 솔직하고 담담한 서술 속에 생을 관조하는 여유로움이 느껴진다.

余寫畫一生, 竟不得筆墨之意, 鈍拙可知也. 自嘲一絶

寫生不像生,[1)]
寫意全無意.[2)]
鎭日弄拙筆,
强如打瞌睡.[3)]

『죽소헌음초삼집(竹笑軒吟草三集)』

---

1) 寫生(사생): 실물이나 풍경을 대상으로 하여 그려내는 화법.
2) 寫意(사의): 세밀하게 그리지 않고 사물의 정수(精髓)를 포착하여 작자의 정취(情趣)를
   펴내는 화법.
3) 强如(강여): ~보다 낫다. 打瞌睡(타갑수): 졸다.

나는 한평생 그림을 그렸지만 끝내 필묵의 참뜻을 얻지
못했으니 그 둔하고 못남을 알게 되어 절구(絶句)를 써
서 나 자신을 비웃노라.

사물을 그려도 살아있는 것 같지 않고
본의를 그려도 아무 의미가 없다네
온종일 못난 붓대라도 놀리는 것이
조는 것보다 낫다네

해제　　　그림의 높은 경지에 이르지 못하는 자신의 재주 없음을 탄식한 작품
이다. 앞 두 구는 여러 방식으로 그림을 그려보아도 영 신통치 않음을 말하였고
뒤 두 구는 온종일 그림을 그리면서 소일함을 말하였다. 직접 보고 사실 그대로
생생하게 묘사하거나 사물의 정수를 파악하여 군더더기 없이 그려야 한다는 말
은 작자의 그림에 대한 견해를 표현한 것이다. 온종일 못난 붓을 놀려 봐도 마
음에 드는 그림은 나올 기미가 안보이지만 그래도 꾸벅꾸벅 조는 것보다야 낫
지 않겠냐는 발언은 제목의 '자조(自嘲)'에 대한 각주이다. 자신의 그림을 겨우
'조는 것 보다 나은 정도'라고 말한 것은 겸사이기도 하지만 발전이 없는 데 대
한 예술가로서의 불만이기도 하다. 이 시 역시 그림에 대한 시인의 열정을 느끼
게 해준다.

題柳

收拾春光入硯池,[1]

畵雙啼鳥占高枝.

細腰似作驚鴻舞,[2]

翠帶拖煙綠袖垂.

『죽소헌음초삼집(竹笑軒吟草三集)』

---

1) 硯池(연지): 벼루에 먹물이 고이는 부분.
2) 驚鴻(경홍): 놀라 날아오르는 기러기. 조식(曹植)의 「낙신부(洛神賦)」에 "날렵하게 나는 모습은 놀란 기러기 같고 부드러운 모습은 노니는 용 같네(翩若驚鴻, 婉若游龍)"라는 구절로 인해 여인의 사뿐사뿐 가벼운 자태를 가리키게 되었다.

버들 그림에 쓰다

봄빛 모아 벼루 연못에 들이고서
높은 가지에서 우는 새 한 쌍을 그려내었네
가는 허리는 날렵한 기러기처럼 춤을 추고
비취빛 띠는 안개를 당겨 초록 소매 드리우네

해제　　버들을 그리고 거기에 쓴 작품이다. 시인이자 화가였던 작자는 이와 같이 자신이 그린 그림에 시를 직접 써넣기도 했는데 여기에는 그림을 그리게 된 경위 등이 기술되기도 한다. 이 시에서 단연 돋보이는 구절은 제1구이다. 버들가지 꼭대기에서 우는 새는 어떻게 화면으로 옮길 수 있을까? 우선 사방에 완연한 봄빛을 눈앞의 벼루에 모아들여야 한다. 그래서 시인의 붓끝에서 또 하나의 봄이 탄생되는 것이다. 버들가지는 이 시에서 가는 허리와 초록빛 소매로 춤을 추는 미녀의 모습을 하고 있다. 게다가 따스한 '봄빛'과 '한 쌍의 새'와 같은 구절에는 사랑받기를 기다리는 여인의 심리가 엿보인다. 늘 춥고 쓸쓸하고 찬바람만 불었던 시인의 마음도 이 순간만큼은 티 없이 맑은 봄빛에 녹았나보다.

種梅 其一

閑種梅花伴歲寒,
南枝先放傍欄杆.
傳神猶恐丹靑汚,[1)]
香影難描把筆看.

『죽소헌음초삼집(竹笑軒吟草三集)』

---

1) 傳神(전신): 예술 작품에서 묘사 대상이 생생하게 표현된 것을 가리킨다.

매화를 심고 제1수

한가하게 심은 매화 겨울을 함께 하더니
남쪽 가지에서 먼저 피어 난간에 기대었네
그 정수(精髓)가 물감으로 망쳐질까 두렵나니
향기와 그림자까지 그려내기 어려워 붓 잡고 보기만하네

해제　　연작시 4수 가운데 제1수이다. 전반부는 손수 심은 매화나무가 어느덧 꽃 피워 겨울을 함께 보내고 있음을 말하였다. 후반부는 매화를 잘 표현할 수 있을까 두려워 붓을 들고 망설이는 모습을 읊었다. 매화의 정수인 향기와 그림자를 표현하고자 애쓰는 모습에서 그림에 대한 작자의 진지한 자세와 열정을 읽을 수 있다.

山居　其一

久與世情隔,
　卜居丘壑前.
閑隨麋鹿隱,
驚起麝香眠.
松子迎風落,
山花浥露妍.
聲聲灘瀨急,
潑墨譜飛泉.1)

『죽소헌음초삼집(竹笑軒吟草三集)』

---

1) 潑墨(발묵): 먹물이 번지어 퍼지게 하는 산수화법(山水畵法). 윤곽선을 그리지 않고 계
　속 이어지는 먹의 혼적에 의하여 구름이나 안개의 경치를 표현한다. 飛泉(비천): 폭포.

산에서 지내며 제1수

오래도록 세상인심과 떨어져있어
산언덕 앞에 살 집을 정하였네
한가로이 숨어드는 노루와 사슴 따르다가
잠이 든 사향노루 깨우고야 말았네
솔방울 바람 맞아 떨어지고
산꽃은 이슬 머금어 곱다네
콸콸콸 여울물 빠르게 흘러가니
발묵법으로 폭포를 그려낸 듯

해제　　　연작시 6수 가운데 제1수이다. 산속에서 살며 보고 경험한 일을 읊었다. 앞 두 구는 산에서 살게 됨을, 가운데 네 구는 산속 동식물과 접하며 느낀 점을, 마지막 두 구는 산속의 여울물을 묘사하였다. '노루'와 '사슴'을 따라 산속을 헤매는 작자의 호기심과 '솔방울', '산꽃' 등 산속의 자잘한 사물에 대한 애정 어린 시선이 돋보인다. 특히 발묵법으로 그린 것 같다는 표현에서 자연을 바라보는 화가 특유의 시선을 살펴볼 수 있다.

夏日偶憶梅花口占[1] 其二

午睡難消夏日長,
竹移淸影送斜陽.
雲箋細寫梅花照,[2]
筆底風生人指涼.

『죽소헌음초삼집(竹笑軒吟草三集)』

---

1) 口占(구점): 입에서 나오는 대로 시문(詩文)을 짓다.
2) 雲箋(운전): 구름무늬 종이.

여름날 우연히 매화 그리다가 제2수

낮잠 자도 긴 여름날을 보내기 어려운데
대나무는 맑은 그림자 옮겨가며 석양을 배웅한다
구름무늬 종이에 매화그림 세밀하게 그렸더니
붓 끝에 바람 일어 손가락이 서늘하구나

해제　　　연작시 5수 가운데 제2수이다. 긴 여름날 소일거리 삼아 매화를 그리고 정경을 노래했다. 제4구를 통해 매화 그림이 너무도 생생하여 한겨울 매화의 정취가 그대로 느껴짐을 표현했다. 시인의 붓끝에서 살아난 매화가 생기를 발하자 어느새 손가락 사이로 시원한 바람이 부는 듯한 착각이 일었다. 매화가 전하는 서늘한 기운을 촉각을 통해 구체적으로 표현한 이 구절은 그림에 대한 애정과 그 경지를 보여준다.

夏日偶憶梅花口占 其五

憶與梅花共歲寒,
綠陰倏忽覆欄杆.
老人難待開時節,
譜入紗窓和月看.[1]

『죽소헌음초삼집(竹笑軒吟草三集)』

---

1) 譜入(보입): 화보에 그려 넣다. 그림 그리는 것을 가리킨다.

여름날 우연히 매화 그리다가 입에서 나오는 대로 짓다 제5수

매화와 추운 시절 함께 한 일 추억하는데
녹음이 어느새 난간을 뒤덮었네
늙은이야 매화 시절 기다리기 어려우니
비단 창에 그려 넣고 달과 함께 본다네

해제　　연작시 5수 가운데 제5수이다. 전반부는 녹음 우거진 여름밤에 매화를 추억하고 있음을, 후반부는 아쉬움을 달래려고 매화를 그려 감상하는 장면을 노래했다. 매화를 사랑한 시인은 여름밤 매화의 차가운 흥취가 그리워졌다. 다시 매화가 필 때까지 기다리는 대신 그녀는 비단 창에 매화를 직접 그려 넣었다. 매화를 기다리기 어렵다는 그녀의 말에는 시간에 대한 절박감과 함께 노년의 슬픔이 전해지기도 하지만 그녀의 정서는 그렇게 무겁지 않다. 무엇보다 그녀는 예술을 통해 삶을 즐길 줄 알았다. 매화위에 달빛이 어려 한 폭의 월매도(月梅圖)가 완성되는 순간, 더운 여름밤은 사라지고 겨울의 차가운 정취만 남는 희열을 느꼈으리라.

晚景

登樓遙望遠山靑,

蘆荻蕭蕭雁繞汀.[1]

日晩夕陽風起處,

不堪霜葉打窓櫺.

『죽소헌음초삼집(竹笑軒吟草三集)』

---

1) 蕭蕭(소소): 초목이 흔들리는 소리. 여기서는 갈대가 흔들리는 소리를 형용한다.

황혼 풍경

누대 올라 아득히 바라보니 먼 산 푸르고
갈대 서걱대는 물가에 기러기 맴돈다
해 지는 석양에 바람이 일어나니
창 두드리는 단풍잎을 견딜 수가 없구나

해제　　늦가을 저무는 해와 떨어지는 단풍잎을 보면서 느끼는 감회를 적고 있다. 많은 사람들이 다루는 보편적 주제임에도 이 시가 감각적으로 다가오는 까닭은 화가였던 이인의 특별한 시선이 드러나기 때문이다. 시인은 먼저 멀리 보이는 푸른 산을 노래하고 다음으로 비교적 가까운 시야에 갈대가 서걱대고 기러기가 날아드는 것을 보게 된다. 바로 그때, 석양이 지고 바람이 일게 되자 시인은 황혼의 적막감을 깊이 느끼게 되었다. 이 때 떨어지는 단풍잎이 창가를 스치게 되자 시인은 더욱 마음을 주체할 수 없게 된다. 짧은 시이지만 한 폭의 화면을 잡아내는 솜씨가 예사롭지 않다.

郊居雜咏 其三

寄身惟僻徑,

避世畏人知.

品水供茶癖,[1]

看花乏酒貲.

出籬挑野菜,

掃葉作晨炊.

獨倣王摩詰,

閑吟畫裏詩.

『죽소헌음초삼집(竹笑軒吟草三集)』

---

1) 品水(품수): 물을 품평하다. 차를 끓일 때 좋은 물은 맑고 [淸], 가볍고 [輕], 달고 [甘], 깨끗하고 [潔], 시원해야 [冽] 한다고 한다.

교외에 지내며 제3수

황량한 오솔길에 몸을 부치니
세상 피했어도 사람들 알까 두렵네
물맛 품평은 차를 즐기는 데 쓰이지만
꽃은 보자니 술값이 모자라네
울타리 나와 야채를 뜯고
낙엽 쓸어 새벽밥을 짓는다
홀로 왕유(王維)를 흉내 내어
한가로이 그림속의 시를 읊어보네

해제　　연작시 12수 가운데 제3수이다. 전원에 묻혀 사는 소박한 삶을 묘사하는 가운데 자신에 대한 관조가 엿보인다. 이인은 남편이 죽은 뒤 혼자 생계를 해결해야 했으므로 그녀의 전원시 속에는 고달픔이 항상 배어있다. 이 시에도 차와 꽃을 좋아해도 결국 술값이 되지 못한다는 푸념과 함께 야채를 뜯고 새벽밥을 짓는 일상이 등장한다. 이러한 그녀에게 그림은 생계의 수단이자 정신의 위안이었던 듯하다. 그녀의 시와 그림이 모두 생활과 밀착해 있었음을 짐작케 해주는 작품이다.

吊梅 其五

久傍茅檐伴影孤,[1]
年來摧折數株枯.
空庭獨立閑思遍,
描寫花神入畫圖.

『죽소헌음초삼집(竹笑軒吟草三集)』

---

1) 茅檐(모첨): 모옥(茅屋). 띠 풀로 지붕을 이은 초가집.

매화를 애도하여 제5수

오랫동안 초가 옆에서 외로운 몸 짝하다가
근년 들면서 가지 꺾여 몇 그루가 시들었네
텅 빈 뜰에 홀로 서서 온갖 생각해보다가
꽃 신령을 묘사하여 그림 속에 그려넣었네

해제　　　연작시 10수 가운데 제5수이다. 매화에 대한 이인의 시는 적지 않지만 그 중 매화를 애도한 작품은 특별한 의미가 있다. 매화는 보통 강인하게 추위를 견디고 제일 먼저 봄소식을 알려주는 희망의 꽃으로 인식된다. 그런데 이 시는 이미 져버린 매화를 노래하고 있다. 시인은 그녀에게 정신의 위안을 가져다준 매화가 시들게 되자 매화를 애도하게 된다. 매화를 위해 꽃의 신령을 불러다 그림 속에 집어넣어 준다. 조락한 매화는 시인 자신의 상징이기도 하기 때문이다.

畫梅 其二

煢煢無倚伴梅花,[1]
欲仗淸標度歲華.[2]
呵凍尋思描不就,[3]
莫將拙筆亂塗鴉.[4]

『죽소헌음초삼집(竹笑軒吟草三集)』

---

1) 煢煢(경경): 고독한 모습.
2) 淸標(청표): 우아하고 소탈하다. 맑고 아름다우며 출중하다. 歲華(세화): 시간. 세월.
3) 呵凍(가동): 입김을 불어 벼루의 먹물을 녹이다.
4) 塗鴉(도아): 문장이나 서화가 졸렬하다.

매화를 그리며 제2수

혈혈단신 의지할 데 없어 매화를 짝하면서
맑고 아름다운 모습에 의지해 세월 보낸다
언 먹물에 입김 불며 선뜻 그려내지 못하니
못난 붓질로 서툰 그림 그려대진 말아야지

해제　　연작시 6수 가운데 두 번째 작품이다. 이 시를 통해서 매화는 아름다운 감상의 대상일 뿐 아니라 외롭고 의지할 곳 없는 시인에게 정신적 위안을 주었던 존재임을 알 수 있다. 시를 통해 시인은 입김을 불어가며 생각해도 좀처럼 그려지지 않는 고민을 토로하며 적어도 함부로 그리지는 않겠다는 다짐을 하고 있다. 그림의 격조에 대해 확신을 가지고 있었음을 알게 해 주는 대목이다. 붓을 들고 대상을 바라보며 선뜻 그리지 못하는 할머니 화가의 진지한 모습이 선연하다.

昔趙子昂仕元，其子仲穆畫蘭，有人題云今日國香零落盡，
王孫芳草遍天涯，後竟不復畫. 余感其意，聊賦四絶， 爲
仲穆解嘲1)　其三

深谷藏根豈受鋤，
不同籬槿日榮枯.
紫莖綠葉成高潔，
莫作尋常蘭蕙圖.

『죽소헌음초삼집(竹笑軒吟草三集)』

---

1) 趙子昂(조자앙): 중국 원나라의 화가이자 서예가인 조맹부(趙孟頫, 1254~1322). 조맹
  부의 자(字)는 자앙(子昂), 호(號)는 송설(松雪)이며, 오흥(吳興, 지금의 浙江省 湖州)
  사람이다. 그는 송나라 종실의 후손으로, 원나라 때 벼슬에 나가 관직이 한림학사(翰林
  學士), 영록대부(榮祿大夫)에 이르렀으며, 죽은 후 위국공(魏國公)에 봉해졌다. 청나라
  건륭제(乾隆帝)가 그의 글씨를 좋아하여 모방하였다고 한다. 조맹부는 시(詩), 서(書),
  화(畫), 인(印)에 모두 능했는데, 흔히 '조체(趙體)'라 불리는 독창적인 글씨체는 후대
  의 서예에 큰 영향을 남겼다. 仲穆(중목): 조맹부의 둘째 아들 조옹(趙雍, 1289~약
  1360)의 자(字). 國香(국향): 난초를 가리킨다. 王孫芳草(왕손방초): 왕손의 방초. 본래
  는 이별의 슬픔을 나타내지만 여기서는 난초와 대비되어 지조 없는 잡초라는 뜻으로
  사용되었다. 여기서는 조옹의 아버지 조맹부가 송나라 왕실의 후예로서 원나라에서 벼
  슬했기 때문에 이를 비난하기 위해 사용되었다. 즉 조옹의 난초 그림은 진짜 난초 그림
  이 아니며 지조 없이 몰락한 왕족이 그린 잡초일 뿐이라는 뜻이다.

옛날 조맹부는 원나라에서 벼슬을 했고, 그의 아들 조
옹이 난초를 그렸는데 어떤 사람이 "오늘 난초는 다 시
들었는데 왕손(王孫)의 방초(芳草)는 하늘가에 가득하
네"라고 화제(畵題)를 쓰자, 그 뒤로 끝내 다시는 그림
을 그리지 않게 되었다. 나는 그의 뜻에 느낀 바가 있
어, 부족하나마 절구 네 수를 지어 조옹을 위해 변명을
하노라 제3수

깊은 계곡에 뿌리 숨기니 어찌 호미질에 뽑힐까
날마다 피고 지는 울타리 무궁화와는 같지 않다네
자줏빛 꽃대와 푸른 잎이 고결한 품성 이뤄내니
평범한 난초 그림이라 하지 마시게

해제　　연작시 4수 가운데 제3수이다. 이 연작시 4수는 『죽소헌음초삼집(竹
笑軒吟草三集)』에 실린 마지막 작품으로 특별한 의미가 있을 것으로 생각된다.
더욱이 시인은 명(明)·청(淸)교체기를 겪었던 화가였고 이 작품에서 변호하고
자 한 화가 조옹 역시 조맹부의 아들로서 송(宋)·원(元)교체기라는 정치적 배
경을 가지고 있었으므로 이 작품은 시인의 정치적 입장을 드러낸 작품이라고
볼 수 있다. 시인은 타인의 비난 앞에 붓을 꺾었던 조옹을 대변하여 난초를 칭
송하며 그의 그림을 평범한 난초 그림으로 간주하지 말아달라고 당부하였다.

昔趙子昂仕元，其子仲穆畫蘭，有人題云今日國香零落盡，
王孫芳草遍天涯’，後竟不復畫，余感其意. 聊賦四絶， 爲
仲穆解嘲　其四

畫譜多傳墨本蘭，
一時竟作等閑看.1)
國香不比王孫草,2)
曾傍朱扉白玉欄.3)

『죽소헌음초삼집(竹笑軒吟草三集)』

---

1) 等閑(등한): 평범하다. 보통이다.
2) 王孫草(왕손초): 시의 제목에 나온 '왕손방초(王孫芳草)'를 줄여서 한 말.
3) 朱扉(주비): 붉게 칠한 문. 궁궐이나 관청의 문으로 고귀한 집안을 가리킨다.

옛날 조맹부는 원나라에서 벼슬을 했고, 그의 아들 조
옹이 난초를 그렸는데 어떤 사람이 "오늘 난초는 다 시
들었는데 왕손(王孫)의 방초(芳草)는 하늘가에 가득하
네"라고 화제(畵題)를 쓰자, 그 뒤로 끝내 다시는 그림
을 그리지 않게 되었다. 나는 그의 뜻에 느낀 바가 있
어, 부족하나마 절구 네 수를 지어 조옹을 위해 변명을
하노라 제4수

화보에 먹으로 그린 난초 그림 많이 전하니
한꺼번에 마침내 평범하다 간주되었다
난초를 왕손의 방초와 비교하지 마시오
일찍이 붉은 대문 백옥 난간 곁에 있었다오

해제　　　연작시 4수 가운데 제4수이다. 시인은 조맹부의 아들 조옹이 사람들
의 시선을 의식해서 더 이상 난초그림을 그리지 못했던 일을 떠올리고 그를 변
명하기 위해 연작시 4수를 썼다. 일반인의 의식 속에서 고결한 절개를 의미하는
난초는 이미 명(明)·청(淸)이라는 시대교체가 일어난 마당에 아무 의미가 없는
것이거나 가식으로 비춰질 수 있다. 아마도 이인의 지인 중에도 나라가 망했는
데 난초가 무슨 의미냐고 반문한 사람이 있었는가 보다. 그러나 그녀는 세월이
변했다 하더라도 난초를 지조 없는 잡초와 비교하지 말라고 당부하며 일찍이
붉은 대문 백옥 난간 옆에 있었던 귀한 존재였음을 상기시킨다. 이 작품은 그림
은 그 자체로 평가해야 한다는 그녀의 생각을 보여주고 있어 의미가 깊다.

내일 날씨는 맑을까, 흐릴까?

다리목 술집에서 막걸리라도 얻어올까? 눈을 뭉쳐 불을 피워 월단차를 끓일까?
비가 오면 도롱이 입고 내가 좋아하는 바위로 가서 낚시 해야지.

偶題楓落吳江¹⁾

楓落吳江動客愁,

冷風疏雨泊行舟.

吟成短句情無限,

葉上閑題付水流.

『죽소헌음초삼집(竹笑軒吟草三集)』

---

1) 吳江(오강): 오송강(吳淞江). 태호(太湖)에서 발원하여 상해(上海) 부근에서 황포강(黃浦江)으로 흘러든다.

단풍 지는 오강을 우연히 읊다

단풍 지는 오강은 나그네 수심 일으키고
찬바람 성긴 비는 가는 배를 멈추게 한다
읊조리다 짧은 시 지었지만 정은 끝없어
잎 위에다 한가로이 써서 물에 띄워 보낸다

해제　　　강물에 단풍이 떠가는 것을 보고 일어나는 느낌을 읊었다. 전반부는
찬비가 내려 오강에 정박했는데 단풍이 떨어져 강물 따라 흘러가는 것을 보니
수심이 일어남을 말하였다. 후반부는 수심을 짧은 싯구로 표현해보아도 주체할
수 없어 단풍잎에 써서 물에 띄워 보내는 모습을 읊었다. 시를 지을 당시 시인
은 이미 할머니 나이가 되었으나 나뭇잎에 시를 써서 물에 띄우는 감수성은 여
린 소녀와 다를 바 없다.

雪霽 其一

淸靜茅堂一事無,
暖香頻整博山爐.[1]
雪風陣陣沖窓紙,[2]
點出梅花映水圖.

『죽소헌음초삼집(竹笑軒吟草三集)』

---

1) 博山爐(박산로): 바다 가운데 있다는 전설상의 명산인 박산(博山)의 모양을 본떠 만든
   동제(銅製) 향로. 축부(軸部)가 있으며 밑은 접시, 위는 산 모양으로, 육조(六朝) 시기부
   터 당대(唐代)까지 불기(佛器)로 사용되었다. 귀한 향로를 가리킨다.
2) 陣陣(진진): 이따금 끊기다가 연속됨.

눈이 개다 제1수

맑고 고요한 초가집에 아무 일 없어서
박산로(博山爐)의 따뜻한 향 자주 뒤적인다
눈바람 때때로 창호지에 부딪쳐
물에 어린 매화 그림 찍어내네

해제　　연작시 2수 가운데 제1수이다. 제목이 '눈이 개다〔雪霽〕'이지만 눈
이 갠 정경은 제2수에서 읊었고 제 1수에서는 눈 내리는 광경을 읊고 있다. 전
반부는 하릴없이 방안에서 화로 뒤적이는 모습을 노래했고 후반부는 눈송이가
창호지에 부딪히는 모습을 묘사했다. 창호지에 눈송이가 부딪혀 번진 모습을 물
에 어린 매화 그림이라 묘사한 것이 참신하고 독특하다.

閑擬郊外看花 其一

出郭看花踏軟沙,
瓊枝爛熳鳥喧嘩.
陰晴難訂明朝約,
且向橋邊問酒家.

『죽소헌음초삼집(竹笑軒吟草三集)』

한가하여 교외로 나가 꽃을 보고자 제1수

성을 나와 꽃 보며 보드란 모래 밟으면
옥 가지 흐드러지고 새 소리 요란하리
흐릴까 개일까 내일 약속 정하기 어려우니
먼저 다릿목에 가서 술집이나 알아보리

해제　　　연작시 4수 중 제1수이다. 제목으로 보면 이 시는 화창한 봄날 꽃 구경을 가려고 계획하고 있다. 그런데 실제 내용은 조금 다르다. 전반부는 이미 봄이 만연하여 꽃과 나무, 새소리가 싱그러운 풍경을 상상하고 있으나 후반부는 내일 아침 날씨를 알 수 없어 잠시 꽃 구경은 미뤄두고 술부터 마신다는 내용이다. 시인의 마음은 애초에 꽃보다 술에 있었던 게 아닐까?

舟發天津道中同家祿勖咏　其五

客裏閑心事事宜,[1]

故園松菊賦歸遲.

秋風江上蒹葭月,

獨坐漁磯學釣絲.[2]

『죽소헌음초(竹笑軒吟草)』

---

1) 宜(의): 순조롭다. 화순(和順)의 의미이다.
2) 漁磯(어기): 낚시터. 釣絲(조사): 낚싯줄.

배로 천진을 떠나는 도중에 남편과 함께 읊다 제5수

객지에서 마음 한가하고 일마다 순조로운데
고향 동산 소나무와 국화를 읊으러 돌아감이 더디다
갈바람 부는 강가에 갈대 위로 달 떠오르면
낚시터에 홀로 앉아 낚싯줄 던지는 법 배운다

해제　　　연작시 6수 가운데 제5수이다. 오랜 북경(北京) 생활을 청산하고 남편과 함께 고향으로 돌아오는 도중에 천진(天津)을 떠나면서 지은 것으로 추정된다. 앞 두 구는 서두를 것 없이 여유로운 여정을 말하였고 뒤 두 구는 밤에 배를 정박하고 한가롭게 낚시를 배우는 모습을 노래하였다. 남편과 함께 있기 때문에 고향으로 가는 여정이 늦어져도 이처럼 여유로운 태도를 지닐 수 있었을 것이다. 하지만 이때 배운 낚시가 남편이 죽은 뒤 40년이나 이어져 그녀와 생사고락을 함께하게 될 줄 그 누가 알았을까?

舟發百草灣, 次家祿勛韻¹⁾ 其二

舟發百草灣, 次家祿勛韻¹⁾ 其二

曙光淸露片帆開,

兩岸荒殘見綠苔.

事到客途憐短髮,

詩多佳句自浮杯.²⁾

讀書擬築新梅屋,

品水先登古釣臺.³⁾

只有漁人閑似我,

秋風潮上是蓬萊.⁴⁾

『죽소헌음초(竹笑軒吟草)』

---

1) 百草灣(백초만): 하북성(河北省) 염산현(鹽山縣)에 있다. 작자가 남편과 함께 천진(天津)에서 하북(河北)으로 가는 여정 도중에 있는 지명이다.
2) 浮杯(부배): 술잔을 물에 띄워서 술을 마시다.
3) 品水(품수): 강물을 품평하다. 여기서는 강에 고기가 많아 낚시하기 좋은지를 살펴보겠다는 의미이다.
4) 蓬萊(봉래): 봉래산(蓬萊山). 신선이 산다는 전설의 산으로 여기서는 낚시하는 사람만 있다면 그 어떤 곳도 선경(仙境)이 될 수 있음을 말한 것이다.

배로 백초만(百草灣)을 떠나며 남편의 시에 차운하다 제2수

새벽햇살에 이슬 맑을 때 조각 돛을 펼치니
양쪽 언덕 황폐해져 푸른 이끼만 보인다
떠도는 게 일인지라 짧은 머리 가엾지만
시에 좋은 구절 많아 직접 술잔 띄운다
책 읽고자 매화 피는 새집을 지으려 하고
강물 평하고자 옛 낚시터에 먼저 올라가리
나처럼 한가로운 어부만 있다면
갈바람 부는 물가도 곧 봉래산

해제　　　연작시 4수 가운데 제2수이다. 북경(北京)을 떠나 천진(天津)에 갔다가 다시 하북(河北)의 백초만(百草灣)을 떠나면서 지은 것으로 추정된다. 첫 두 구는 새벽에 떠나면서 바라본 풍경을 썼으며 제3, 4구는 도중에 번거로운 일이 생겼지만 좋은 시구(詩句)를 통해 위로받았음을 말하였고 제5, 6구는 고향에 가서 할 일을 미리 상상하였으며 마지막 두 구는 낚시질하는 자신을 신선에 비유하였다. 배를 타고 가는 와중에도 시를 짓고 고향에 가서도 제일 먼저 낚시를 즐기겠다는 말을 통해 작자의 일상생활과 정신적 지향을 살펴볼 수 있다. 시인은 봉래산은 먼 곳에 있는 것이 아니라 나와 같은 한가한 어부가 있는 그곳이 바로 신선세계라고 단언하였다.

舟發開河¹⁾

繁蟲滿沙際,

詩思入秋濤.

野水惟鷗鷺,

荒汀盡蓼蒿.

耽吟星欲曙,

理釣旭初高.

自愧滄浪子,²⁾

鬖髿見鬢毛.³⁾

『죽소헌음초(竹笑軒吟草)』

---

1) 開河(개하): 산동성(山東省) 제녕시(濟寧市) 양산현(梁山縣) 동남쪽에 있는 개하촌(開河村). 대운하가 마을을 관통하면서 붙여진 이름이다.
2) 滄浪子(창랑자): 은자(隱者). 여기서는 벼슬을 그만두고 낙향하는 남편을 가리킨다.
3) 鬖髿(삼삼): 머리카락이 흐트러진 모양.

배로 개하(開河)를 떠나며

무성한 벌레 소리 모래톱에 가득한데
시상(詩想)은 가을 물결 속에 들어갔네
들판 강물에는 갈매기와 백로만 있고
거친 물가에는 온통 여뀌와 쑥이라네
시를 읊다 보니 별밤이 새려 하고
낚시 손질하다 보니 아침 해 막 떠오르네
은자인 남편에게 내 자신이 부끄러운 것은
흐트러진 살쩍머리 보여서라네

해제   북경(北京)을 떠나 천진(天津), 하북(河北)의 백초만(百草灣)과 도구역(渡口驛), 산동(山東)의 안산(安山) 등지를 지나고 산동(山東) 개하(開河)를 떠나면서 지은 것으로 추정된다. 첫 두 구는 개하를 떠날 때의 상황을 읊었고 제3, 4구는 배 타고 지나가면서 본 물가 풍경을 묘사하였다. 제5, 6구는 배 위에서 밤을 지내는 모습을 썼으며 마지막 두 구는 자신의 흐트러진 모습이 남편에게 부끄러워짐을 말하였다. 날이 밝는 줄도 모르고 시와 낚시에 몰두하는 모습에서 자기 세계에 대한 작자의 열정을 엿볼 수 있다.

蕪園[1]　其二

雨氣初涼午夢還,
靑松白石滿林間.
坐看汀上新雛浴,[2]
散髮漁舟學釣閑.

『죽소헌음초(竹笑軒吟草)』

---

1) 蕪園(무원): 절강성(浙江省) 해녕(海寧)에 있는 남편 갈징기(葛徵奇)의 고향집. 갈징기는 자신의 시집 제목을 『무원(蕪園)』이라고 하였는데 이는 도연명(陶淵明)의 「귀거래혜사(歸去來兮辭)」의 첫 구절 "돌아가자 논밭이 장차 황폐해지거늘 어찌 돌아가지 않으리오(歸去來兮, 田園將蕪胡不歸)"에서 유래한 듯하다.
2) 坐(좌): ~로 인하여. 인(因)과 같다.

무원(蕪園) 제2수

비 기운에 막 싸늘해져 낮잠에서 깨어나니
푸른 소나무와 흰 바위가 숲속에 가득하네
물가에서 목욕하는 새끼 새를 보면서
산발한 채 어선에서 한가하게 낚시 배우네

해제　　연작시 3수 가운데 제2수이다. 북경(北京)을 떠나 1643년 남편 갈징기(葛徵奇)의 고향집인 무원(蕪園)으로 돌아가서 지은 것이다. 앞 두 구는 낮잠 자다가 깨어난 뒤 보게 된 풍경을 말하였고 뒤 두 구는 물가에서 본 풍경과 낚시질하는 심정을 말하였다. 그녀의 눈에 들어온 것은 다름 아닌 물가에서 목욕하는 새끼 새의 귀여운 모습이다. 이런 풍경만으로도 고향으로 돌아오는 긴 여정 중에 겪었던 고초가 사라지는 듯하다.

鄕居卽事 其三

林陰啼鳥寂,

春色已將殘.

滿徑豆花白,

一園梅子酸.

新篁依小牖,

嫩綠上危欄.¹⁾

閑戶幾日雨,

披蓑出釣灘.²⁾

『죽소헌음초삼집(竹笑軒吟草三集)』

---

1) 嫩綠(눈록): 봄에 새로 난 어린 잎. 여기서는 새로 난 버들잎을 가리킨다. 危欄(위란): 높은 난간.
2) 釣灘(조탄): 봄 낚시. 낚시와 관련된 중국 속담에 "봄에는 여울에서 낚시하고 여름에는 그늘에서 낚시하고 가을에는 서늘한 데서 낚시하고 겨울에는 햇볕에서 낚시한다(春釣灘, 夏釣蔭, 秋釣涼, 冬釣陽)"라는 말이 있다.

시골 생활을 즉흥적으로 쓰다 제3수

숲 그늘에 새 소리 조용한데

봄기운 벌써 다하려한다

길가에 가득한 콩 꽃은 하얗고

온 정원에 매실 시어졌다

새로 솟은 대나무 작은 창에 기대고

연초록 버들잎 높은 난간에 올라온다

한가한 집에 며칠 동안 비가 내려

도롱이 걸치고 낚시하러 여울로 나선다

해제　　연작시 10수 가운데 제3수이다. 봄이 저무는 풍경을 노래하였다. 첫 두 구는 봄이 저물어 감을 직접적으로 서술하였고 가운데 네 구는 콩과 매실, 대나무와 버들잎을 통해 봄이 가고 여름이 다가오는 풍경을 묘사했으며 마지막 두 구는 비 온 뒤 낚시하러 나서는 한가로운 정경을 노래하였다. 낙화(落花)를 통해 봄이 가는 애상(哀傷)을 노래하는 작품과 달리, 과실이 익어가거나 녹음이 짙어가는 등 늦봄의 긍정적인 풍경을 제시하여 슬픔에서 한발 벗어나 있다. 특히 비가 내리는 와중에도 도롱이를 걸치고 낚시하러 간다는 그녀의 서술을 통해 낚시가 이미 생활의 일부가 되었음을 알 수 있다.

和家祿勛題畵　其四

一夜霜枯兩岸苔,
看雲惟獨老僧來.
醉呼子墨山容好,
收取秋光入酒杯.

『죽소헌음초속집(竹笑軒吟草續集)』

남편의 제화시(題畵詩)에 화운하여 제4수

밤새 내린 서리에 양쪽 언덕의 이끼 시들었고
구름 속을 보니 늙은 스님 혼자 오시네요
술 취하여 그대 그린 산세가 좋다고 외치고는
그 가을빛 거두어다 술잔 속에 들이지요

해제　　　연작시 4수 가운데 마지막 작품이다. 남편 갈징기(葛徵奇)가 그린 그림에 대해 노래하였다. 앞 두 구는 그림 속 풍경과 인물을 묘사하였고 뒤 두 구는 술 마시면서 그림을 평가하고 감상함을 표현하였다. 갈징기가 일찍이 "산수화는 부인이 나만 못하고 화훼도는 내가 부인만 못하오(山水姬不如我, 花卉我不如姬)"라고 말한 바처럼, 갈징기는 산수화(山水畵)를 잘 그렸고 이인은 화훼도(花卉圖)를 잘 그렸다 한다. 이 작품을 통해 술자리에서 서로 시와 그림을 주고받으며 소통했던 부부의 행복한 일상을 그려볼 수 있다.

月下

下階禮明月,

桐樹落秋聲.

梅影依人瘦,

松陰舞鶴輕.

疏泉開石竇,¹⁾

撥火沸茶鐺.²⁾

索句渾忘寐,

鐘殘知幾更.

『죽소헌음초속집(竹笑軒吟草續集)』

---

 1) 石竇(석두): 돌로 된 동굴. 송대(宋代) 소식(蘇軾)의 「무산(巫山)」에 "석굴에 큰 샘이
    있는데 달고 매끈하기가 흐르는 골수 같네(石竇有洪泉, 甘滑如流髓)"라는 구절이 있다.
 2) 茶鐺(차당): 찻물을 끓이는 솥.

달빛 아래

섬돌 내려와 밝은 달에게 절하는데
오동나무에서 가을 소리 떨어진다
매화 그림자 사람 따라 야위고
소나무 그늘 춤추는 학처럼 가볍다
샘물 터주려고 석굴을 열고는
불을 피워 솥에 찻물을 끓인다
시구 찾느라 잠자는 것도 까맣게 잊었다가
종소리 다하고서야 몇 시인 줄 아노라

해제   달빛 아래 차 마시면서 밤새 시를 쓰는 정경을 노래하였다. 밤에 샘물을 길어다가 불을 피워 찻물을 끓이는 과정이 자세하게 표현되어 있는데 손수 차를 끓여 마시는 작자의 소박한 면모를 찾아볼 수 있다. 또한 시를 쓰느라 시간 가는 줄도 몰랐다는 표현을 통해 작자의 시에 대한 열정도 알 수 있다.

郊居　其三

性喜耽詩癖,

殘書擁半床.[1]

捕魚尋釣叟,

檢藥問醫生.

鳥語憑誰和,

花飛有底忙.[2]

解酲惟五斗,[3]

一石飮還強.[4]

『죽소헌음초속집(竹笑軒吟草續集)』

---

1) 殘書(잔서): 끝까지 다 읽지 못한 책.
2) 底(저): 왜, 무엇.
3) 酲(정): 숙취(宿醉).
4) 一石(일석): 양을 세는 단위. 열 말(十斗)이 한 섬(一石)이다. 強(강): 술이 세지다. 여기
   서는 술기운이 올라 얼큰해지는 것을 가리킨다.

교외에서 지내며 제3수

천성이 시를 탐닉하는 버릇이 있어
보다만 책들이 침상을 둘러쌌다
고기 잡으러 낚시꾼을 찾기도 하고
약 점검하며 의원에게 묻기도 한다
새 소리는 누구 때문에 부드럽고
날리는 꽃잎은 왜 그렇게 바쁜가
숙취 풀려면 다섯 말이면 되지만
한 섬을 마시니 도로 얼큰해진다

해제　　연작시 10수 가운데 제3수이다. 교외에 사는 일상과 감회를 노래하였다. 앞 네 구는 시와 낚시, 약재 등 다양한 즐거움이 있는 생활상을 묘사하였고 뒤 네 구는 봄이 가는 슬픔에 술에 빠져 지냄을 표현하였다. 이러저러한 즐거움 속에서도 작자의 마음을 울리는 것은 결국 저문 봄에 들리는 새소리와 흩날리는 꽃잎일 것이다. 술을 깨려고 해장술을 마시다가 결국에는 한 섬을 들이켜 얼큰해지는 것은 마음 속 수심을 떨쳐 버릴 수 없기 때문이다. 술 한 섬은 수심의 크기를 가늠케 한다.

冬夜遣懷　其一

滿庭明月一天霜,
鐘鼓黃昏聽漏長.
欲咏梅花無好句,
獨烹松茗潤枯腸.[1]

『죽소헌음초삼집(竹笑軒吟草三集)』

---

1) 松茗(송명): 솔잎으로 만든 차(茶).

겨울밤 근심을 달래며 제1수

뜰 가득한 밝은 달빛 하늘 가득한 서리
종과 북 치는 황혼녘부터 물시계 소리 길어졌다
매화 읊으려 해도 좋은 시구 없는지라
홀로 솔잎차 끓여서 마른 속을 적셔준다

해제　　연작시 4수 가운데 제1수이다. 겨울밤 시를 쓰느라 고심하다가 차를 끓여 마시는 정경을 노래하였다. 앞 두 구는 시간을 도치시켜 황혼녘부터 달밤까지 보고 들은 광경을 썼으며 뒤 두 구는 시를 쓰다가 잘되지 않자 차로 마음을 달래는 모습을 그려내었다. 시를 쓰다가 차를 마시면서 긴 겨울밤을 보내는 모습에서 마음 붙일 사람 하나 없는 작자의 외로움과 고독이 느껴진다.

鄕居卽事 其七

獨羨農家樂,

無心名利求.

桑樞茅舍靜,[1]

草徑竹林幽.

松鼠偷園果,

田禽啄稻頭.[2]

豆花棚底坐,[3]

村酒待傾甌.

『죽소헌음초삼집(竹笑軒吟草三集)』

---

1) 桑樞(상추): 뽕나무로 문의 지도리를 삼은 집. 가난한 집을 가리킨다.
2) 田禽(전금): 참새 따위의 들새. 당대(唐代) 은요(殷遙)의 「송우인하제귀성(送友人下第歸省)」에 "산비는 강물까지 이어지며 가늘어지고 들새는 보리밭에서 날아오른다(岳雨連河細, 田禽出麥飛)"라는 구절이 있다.
3) 豆花(두화): 원래는 콩 꽃이나 여기서는 두부를 가리키는 사투리로 쓰여 술안주용 두부를 의미한다. 棚底(붕저): 선반 아래. 시렁 밑에. 坐(좌): 놓여있다.

시골 생활을 즉흥적으로 쓰다 제7수

농가의 즐거움만 부러워할 뿐
명예와 이익 추구할 마음은 없다네
뽕나무 지도리의 초가집은 고요하고
풀길 나있는 대숲은 그윽한데
다람쥐가 정원 과실을 훔쳐가고
들새가 벼이삭 끝을 쪼아대네
두부는 선반 아래 놓여있고
시골 술은 사발이 기울길 기다리네

해제　　연작시 10수 가운데 제7수로 시골 사는 한적한 심정을 노래하였다. 첫 두 구는 명리를 추구하지 않고 한적한 시골생활을 즐기겠노라 선언하였고 가운데 네 구는 시골집의 안팎 정경을 묘사하였으며 마지막 두 구는 안주와 술이 갖추어져 있음을 표현하였다. 이러한 한적한 시골생활 이면에는 찾아오는 이도 없고 때맞춰 수확하는 이도 없는, 혼자 사는 이의 외로움과 고독이 짙게 배어있다.

雪窗雜咏 其九

春到梅花送臘殘,1)
蒼蒼古木暮鴉攢.2)
貧家不羨羊羔美,3)
搏雪炊爐煮月團.4)

『죽소헌음초삼집(竹笑軒吟草三集)』

---

1) 臘(납): 납월(臘月), 즉 음력 12월.
2) 蒼蒼(창창): 회백색. 고목의 색깔을 가리킨다.
3) 羊羔(양고): 양고주(羊羔酒). 산서(山西) 지방에서 나는 술의 이름.
4) 月團(월단): 둥글게 뭉친 단차(團茶)의 일종.

눈 내리는 창가에서 이것저것 읊다 제9수

매화에 봄이 오며 섣달도 지나는데
회백색 고목에 저녁 까마귀 모여 있다
가난해도 맛좋은 양고주 부럽지 않나니
눈을 뭉쳐 불 피우고 월단차를 끓인다

해제　　연작시 10수 가운데 제9수이다. 눈 내리는 창가에서 매화를 보다가 차를 끓이게 됨을 노래하였다. 앞 두 구는 겨울 저녁에 매화를 보면서 봄이 되면 시들 것을 안타까워하였고 뒤 두 구는 좋은 술 대신 월단차를 끓이게 됨을 노래하였다. 매화가 질까봐 걱정하는 마음을 통해 시인에게는 매화가 길고 외로운 겨울을 견디는 버팀목이 되었다는 사실을 알 수 있다. 또한 매화를 감상할 때는 좋은 술보다 눈을 끓여 만든 차가 제격임을 말하였는데, 눈 내린 풍경 속에 매화를 보면서 차를 마시는 작자의 모습이 눈에 보일 듯 선하다.

이인의 생애와 시세계

1. 이인의 생애

> 근심 속에 거문고로
> 매화 노래 타다가
> 종이 장막에 향 사그라지면
> 팔을 베고 잠을 잔다

낮은 목소리로 조용히 노래하는 이 시의 주인공은 일흔이 넘은 여성 시인이다. 그녀는 언제부터 그렇게 늙었을까?

시인의 이름은 이인(李因), 명말 청초 시기를 살았던 화가이자 시인이다. 자(字)는 금시(今是). 혹은 금생(今生)이고 호(號)는 시암(是庵), 감산여사(龕山亦史), 해창여사(海昌女史) 등이 있다. 전당(錢塘, 지금의 항주) 사람으로 명 만력(萬曆) 39년(1611) 전후에 출생하였으며, 청 강희(康熙) 24년(1685)에 약 70여 세의 나이로 사망하였다.

이인은 시와 그림 모두 뛰어난 재주를 보였다. 어려운 집안 사정으로 종이와 붓을 구하기 힘들어, 땅에 떨어진 감나무 잎이나 이끼를 종이 삼아 글과 그림을 연습했으며, 15, 6세가 되었을 때 항주 일대에는 이미 시인이자 화가로서 이름이 났다고 한다.[1]

이인 일생의 첫 번째 전환점은 갈징기(葛徵奇)에게 그녀의 시재(詩才)

---

[1] 청대의 저명한 학자이자 문인이었던 황종희(黃宗羲)의 「이인전(李因傳)」에서 그녀의 어린 시절에 대한 기록을 찾아볼 수 있다.

를 인정받아 측실이 된 일이다. 갈징기는 절강(浙江) 해녕(海寧) 사람으로
자(字)는 무기(無奇)이고 호는 개감(介龕)이다. 숭정원년(崇禎元年, 1628)
에 진사에 급제하여, 중서사인(中書舍人)에 제수되었다가 호광도어사(湖廣
道御史)라는 벼슬을 받았으며, 태복시경(太僕寺卿)으로 승관되었다가 다시
광록경(光祿卿)이 되었다. 시와 그림에 뛰어났고 재주와 정감이 풍부했으
며, 저서로 『무원시집(蕪園詩集)』이 있다.

이인은 남편 갈징기와 함께 강남의 소주(蘇州)와 무석(無錫) 일대를 유
람하다가 수도 북경으로 가서 약 15년간 함께 생활하였다. 이 기간이 이
인의 삶에서 가장 안정적이고 행복했던 시기였다. 이들은 함께 시를 주고
받았으며 그림을 그리기도 했다. 첫 번째 시집 『죽소헌음초(竹笑軒吟草)』
를 통하여 우리는 그녀의 이동경로를 대략적으로 추정할 수 있다. 그녀는
갈징기의 첩이 되어 항주의 고산(孤山)과 서계(西溪) 등지를 유람하다가
광록경소부(光祿卿少夫)로 승진한 남편을 따라 당시 수도인 북경에 가게
되었다. 작품의 제목 가운데 황하 및 강장역(康莊驛) 등이 등장하는 것을
볼 수 있는데, 이는 남편의 고향인 해녕에서 수도 북경에 도착하기 전에
지나온 곳으로 생각된다. 이후 시집에는 다시 고산(孤山), 취봉(翠峰), 경
구(京口) 등이 등장하고 있는데, 이는 모두 남편의 고향인 해녕과 멀지
않은 곳에 있으므로, 이때는 북경에서 잠시 고향에 들렀던 것으로 추정된
다. 이후에도 산동성에 위치한 치평(茌平), 항주 근교에 있는 고정산(皐亭
山)및 남편의 고향집인 무원(蕪園)이 재등장하고 있는데 이는 아마도 그
녀가 공무를 집행하기 위해 외지로 나온 남편을 따라다니면서 쓴 것으로
생각되며 시간적으로도 수년에 걸쳐 이루어졌던 것으로 보인다.

명나라는 숭정 말기에 밖으로는 청나라의 군사가 진격하여 북경을 침
략할 기회를 엿보고 있었고, 안으로는 농민군이 봉기하여 조정은 진퇴양
난에 빠졌다. 조정 내에서는 당쟁이 격화되어 참혹한 정치적 숙청이 이루
어졌다. 이때 갈징기는 국가의 앞날을 더 이상 기대할 수 없음을 깨닫고,

벼슬을 버리고 고향을 향하였다. 시집에 등장하는 양촌(楊村), 독류(獨流), 천진(天津) 등의 지명은 북경에서 고향에 이르기까지의 중간 지점이었던 것으로 추정된다. 시집의 거의 뒷부분에는 「계미년에 기쁘게 무원으로 돌아오다(癸未喜歸蕪園)」라는 시가 있다. 계미년은 숭정 16년, 즉 1643년으로 명나라가 멸망하는 1644년으로부터 불과 1년 전이었다. 고향에 돌아온 뒤 이들 부부의 정은 한결 더 돈독해졌고, 시를 지어 주고받는 일도 더욱 많아졌지만, 한편으로 고향에 돌아오는 와중에 폭도를 만나 위험천만한 일을 겪었던 까닭에 놀란 마음을 쉽게 진정할 수 없었다. 또한 명나라가 앞으로 얼마 가지 못할 것이라는 비감을 느껴, 이 시기의 시 속에는 『죽소헌음초』 초반부에 나오는 신선한 감각과는 거리가 먼, 일종의 망연자실한 느낌이 자리하고 있음을 볼 수 있다.

이인의 생애 두 번째 전환기는 명나라의 멸망과 남편의 죽음으로부터 비롯된다. 이들이 고향으로 돌아온 뒤 1년이 채 못 되어, 이자성(李自成)의 군대가 북경을 함락하여 명왕조는 붕괴되고, 갈징기 역시 국사에 대한 우환과 신병이 겹쳐 곧 사망하였다. 국가의 멸망과 남편의 죽음이라는 커다란 불행이 이인에게 거의 동시에 찾아왔고, 이것은 그녀의 이후 삶을 뿌리째 흔들어 놓았다. 남편의 사망 이후 그녀는 생계를 전처소생의 아들에게 의지하지 않았고, 그림을 그려 판 수익금을 가지고 생활하였다. 황종희(黃宗羲)의 전기에 따르면 그녀의 그림을 구하는 사람이 점차 많아져 해녕 지역에서 그녀는 생전에 제법 이름이 났고, 그녀의 그림은 이 지역 사람들이 선물용품으로 없어서는 안 될 정도로 인기를 누렸다고 한다. 그러나 그림으로 생계를 이어가는 데에는 아무래도 한계가 있어, 그녀의 시를 보면 늘 가난 걱정이 끊이지 않았음을 알 수 있다.

그녀는 남편의 죽음을 가슴깊이 애도했지만, 살아남기 위해서라도 늘 슬픔에 빠져 있을 수만은 없었다. 그녀는 바느질을 하고 그림을 그렸으며, 시를 쓰고 차와 약을 품평하기도 했다. 일찍이 그녀는 고향에서 북경까지 먼 길을 이동하면서 낚시를 배우게 되었는데, 생의 후반기에 낚시는 취미이며 소일거리이자 생계수단이 되기도 했다. 노년의 할머니 시인은 차가운 부엌에 직접 불을 지피고 나물을 뜯어 밥을 차려 먹었으며, 봄에는 꽃구경을 하고 가을에는 단풍으로 물든 산을 화폭에 옮겼다. 명절에 더욱 외로워지거나 추적추적 비 뿌리는 날에는 탁주를 마셨다.

이인은 첩의 신분이었고 슬하에 자식도 없었으므로, 만년에 외로운 삶을 살았다. 더구나 왕조마저 바뀌어 혼자 남은 여인의 몸으로 많은 교유관계를 가지기는 어려웠던 것으로 보인다. 남편이 생존했을 때는 주로 남편과 시를 주고받았고, 북경에서 지낼 때는 알고 있던 몇몇 지인들과 시를 주고받기도 했다. 그러나 남편의 사후에는 이러한 왕래마저 끊어져 만년의 시세계는 자신의 일상생활을 관조하거나 고독을 노래한 것들이 많다.

2. 이인의 시세계

이인이 남긴 세 권의 작품집은 그녀의 삶의 궤적을 고스란히 말해준다. 『죽소헌음초』는 대개 남편 갈징기와 결혼하여 고향 근처를 유람하고 북경에서 비교적 평화로운 생활을 구가할 때 지어진 것으로 이루어져 있다. 생의 전반기에 쓰인 작품집으로 기행과 계절의 묘사가 중심이 된다. 새로운 지역으로 이동하면서 지은 시들이 많으며, 남편과 유쾌하고 편안한 마음으로 계절의 변화를 참신한 시각으로 읊은 것들이 많다. 작품집의 마지막에서는 명나라가 망하기 전에 갈징기가 벼슬을 버리고 전원으로 돌아와 두 사람이 전원생활을 할 때의 모습을 그리고 있다. 『죽소헌음초 속집』은 명나라가 망하고 남편이 죽은 뒤의 심정과 생활을 노래한 것이 대다수로 애도와 전원의 흥취가 주된 내용이다. 특히 도망시(悼亡詩) 48

수는 속집에서 가장 중요한 대형 연작시로서, 이 시기의 그녀의 삶과 문학을 이해하는 데 중요한 자료이다. 『죽소헌음초삼집』은 속집에 이어 그 이후에 지어진 시들을 모아 간행한 것이다. 주제 면에서 본다면 인생의 철리를 읊거나 일상생활의 정취를 묘사한 시가 많다. 시의 제재와 주제들은 앞에서 이미 나온 것들이지만 세월이 흐르고 연륜이 쌓여 시에도 깊이가 느껴진다. 이 시집은 시간적으로 매우 오랜 시기에 걸쳐 지어진 것으로 보이며, 만년으로 갈수록 내면에 대한 성찰과 사물을 바라보는 섬세하고 깊이 있는 시각이 돋보인다.

현존하는 작품 속에서 우리는 혼란기를 살아간 사람으로서, 여성으로서 그녀가 처했던 상황의 어려움과 당시의 감정을 느낄 수 있다. 또한 명말 청초라는 격변의 시대에 전란의 상처가 그녀에게 남긴 고통 또한 감지할 수 있다. 이인의 시를 보면 섬세하고 산뜻한 묘사가 돋보이는 산수전원시가 다수를 차지하지만, 그 가운데에도 차분한 어조로 흥망을 논하거나 통렬한 언어로 시국을 비판한 시가 존재한다. 명청의 교체와 남편의 죽음이 그녀를 유유자적하며 음풍농월하는 시인에 안주할 수 없게 만들었던 것으로 보인다.

우리는 지금으로부터 400년 전 여성시인이 일흔이 넘도록 시작 생활을 할 수 있었던 사실에 놀라지 않을 수 없으며, 더구나 때로는 매운 목소리로 일침을 놓기도 하고, 때로는 노인 특유의 유연한 태도로 삶을 관조하는 모습은, 육성을 듣는 것만큼이나 경이로운 매력으로 다가온다.

전통시대 여성문인이 수적으로 열세였던 상황에서 여성문인에 대한 평가는 대개 남성문인과의 비교를 통해 이루어졌다. 즉 작품에 나타난 의식세계, 예술적 미감, 언어표현 등이 주류 남성문인의 수준에 도달했는가의 여부가 작품평가의 기준이 되었다. 평가의 기준이 이미 정해져 있으므로 여성문인은 아무리 뛰어나다 해도 남성문인이 이룩한 정점에는 도달할 수 없게 된다. 그러나 여성문학의 존재 의의는 여성의 눈으로 세상을 바라보고 사물을 노래했다는 점에 있을 것이다. 비록 당시의 주류 문단에 편입되지도 못했고 후대에 만들어진 수많은 문학사에서는 단 한 줄도 그녀를 언급하지 않았지만 앞으로 여성 문학의 의미와 가치가 재정립될 때 이인의 시세계는 반드시 거론되어야 할 중요한 거점으로 평가되리라 확신한다. ※

明代女性作家叢書❶李因詩選
....

천천히 걷는 게 수레보다 좋구나

지은이 ‖ 이인
옮긴이 ‖ 김의정 김수희 이은정
펴낸이 ‖ 이충렬
펴낸곳 ‖ 사람들

초판인쇄 2011. 4. 7 ‖ 초판발행 2011. 4. 11 ‖ 출판등록 제395-2006-00063 ‖ 주소 경기도 고양시 덕양
구 화정동 905-2 찬우물빌딩 304호 ‖ 대표전화 031. 969. 5120 ‖ 팩시밀리 031. 969. 5305 ‖ e-mail.
minbook2000@hanmail.net

※ 이 책의 출판권은 도서출판 사람들이 소유하고 있습니다. 무단전재와 복사를 금합니다.
※ 잘못된 책은 구입하신 곳에서 바꿔드립니다.
※ 값은 표지에 있습니다.

ISBN   978-89-963888-1-4   93820